提供 MP3 朗讀音檔下載

新日檢制霸！

N4 單字速記王

必考單字 × 出題重點 × 主題式圖像

由日語專業教師審訂，以實用情境句、圖像式記憶，完全掌握 JLPT 言語知識

三民日語編輯小組　彙編

眞仁田　榮治　　審訂

三民書局

國家圖書館出版品預行編目資料

新日檢制霸！N4單字速記王／三民日語編輯小組彙
編,眞仁田 榮治審訂.－－初版二刷.－－臺北市：三
民，2024
面；　公分.－－(JLPT滿分進擊)

ISBN 978-957-14-6669-9（平裝）
1. 日語 2. 詞彙 3. 能力測驗

803.189　　　　　　　　　　　　　　108011087

JLPT 滿分進擊

新日檢制霸！N4 單字速記王

彙　　　編	三民日語編輯小組
審　　　訂	眞仁田 榮治
內頁繪圖	MaiBi

創 辦 人	劉振強
發 行 人	劉仲傑
出 版 者	三民書局股份有限公司 (成立於 1953 年)

三民網路書店
https://www.sanmin.com.tw

地　　　址	臺北市復興北路 386 號　（復北門市）　(02)2500–6600 臺北市重慶南路一段 61 號 (重南門市)　(02)2361–7511
出版日期	初版一刷 2019 年 8 月 初版二刷 2024 年 8 月修正
書籍編號	S805830
I S B N	978-957-14-6669-9

必考單字 × 出題重點 × 主題式圖像

~以單字與文法為點，例句為線，使學習連成圓~

はじめに

　日本語能力試験の N4 は初級レベルの学習項目が全部入った試験です。

　初級は日本語の基礎です。基礎ができる前に中級レベルや上級レベルの勉強をする学生が多いですが、それはとても危険です。難しい単語や文型をたくさん覚えることよりも N4 の単語や文型を 80％以上使えるほうがずっと大切です。

　日本語の日常会話は N4 レベルの単語と文型だけで十分コミュニケーションが取れます。N4 の能力が基礎になってはじめて日本語の学習は進みます。それなのに N4 をちゃんと勉強しないで N1 や N2 に挑戦する学生が多いです。

　N4 をちゃんと勉強しないまま、中級、上級レベルに進むと、単語が適切な場面で使えなくなります。N4 の単語はいろいろな場面で広く使える基本的な日本語です。近い意味の日本語、たとえば「違いがある」「区別がある」「差異がある」の中でどの単語が一番広く使えるか分からないという人は N4 の単語を勉強したほうがいいです。

　また、N4 の文法の学習が不十分な人は言いたいことを正しく表現できません。N1 に合格した学生に「『読む』の可能動詞（可能形）は何ですか？」「『住む』の助詞は何ですか？」と質問すると、正しく答えられない学生がたくさんいます。こういう学生はほとんど日本語が話せません。N4 の文法ができない人は、単語をたくさん知っていても、単語を組み合わせて文を作ることができないのです。

　本書では日常会話でよく使われる基本的な単語を N4 レベルの文法を使った例文で紹介しています。例文をしっかりと覚えれば、自然に N4 レベルの単語と文法が身に付くでしょう。

眞仁田 榮治

N4 日本語能力試驗是包含所有初級學習項目的測驗。

初級日語是基礎。許多學生在初級基礎尚未穩固之前，便跳級學習中、高級日語，十分危險。與其背誦艱深的單字與繁雜的文法，不如確實學會活用 80% 以上的 N4 內容，這才是最重要的。

N4 的單字與文法已經足夠應付一般的生活會話。奠定 N4 基礎以後，才有辦法順利繼續往上學習。但是，不下工夫好好練習 N4 的基礎內容，就貿然挑戰 N1 或 N2 的學生卻不在少數。

如果沒有認真學習 N4 的內容，就進階中、高級日語，會無法將單字運用在適當的場合。N4 的單字是可以廣泛運用於各種場面的基礎日語。例如「違いがある」、「区別がある」、「差異がある」這三個意思相近的日語，如果你不清楚哪一個才是日本人最常使用的詞彙，建議最好從 N4 開始學習。

再者，未充分學習 N4 文法的人，也無法正確無誤地表達自己想說的話。詢問已經通過 N1 測驗的學生：「『読む』的可能形？」、「『住む』的助詞？」，無法正確回答的學生還是很多。這樣的學生大多不會日語會話。不會 N4 文法的人，即使知道大量的單字，也沒有造句的能力。

本書活用 N4 文法造句，介紹日常會話中常用的基本單字。確實背誦例句的話，相信各位能自然而然地學會 N4 的單字與文法。

眞仁田榮治

　　本書針對新制日本語能力測驗的「言語知識（文字・語彙・文法）」，精選必考單字，搭配重點文法與主題式圖像，編著多種情境句，形成全方位單字書。

◎ 速記必考重點

1 必考單字

以電腦統計分析歷屆考題與常考字彙後，由教學經驗豐富的日語教師刪減出題頻率較低的單字，增加新制考題必背單字，並以 50 音順序排列，方便查詢背誦。

2 最新出題重點

針對新制言語知識考題的最新出題趨勢，詳細解說常考字彙、文法以及易混淆字彙，精準掌握單字與文法考題。

3 主題式圖像

用趣味性插圖補充主題式單字，讓學習者能運用圖像式記憶，自然記住相關字彙，迅速擴充必考單字庫。

4 生活情境句

新制日檢考題更加靈活，因此提供符合出題趨勢的例句，並密集運用常考字彙與文法，幫助考生迅速掌握用法與使用情境，自然加深記憶，提升熟悉度。

5 標準發音

朗讀音檔由日籍專業錄音員錄製，幫助考生熟悉日語發音。本書電子朗讀音檔請至三民・東大音檔網（https://elearning.sanmin.com.tw/Voice/）下載或線上聆聽。

　　運用本書認真學習的考生，能透過生活情境、圖像式記憶，迅速有效率的學習單字與文法，無論何時何地皆可靈活運用，在日檢中輕鬆驗證學習成果。

N4 階段最重要的是**奠定文法基礎，掌握生活常用的漢字、詞彙，熟悉字彙的型態變化**，進而能閱讀學習、生活、工作等相關的短文，聽懂日常生活的簡短對話，獲得學習日語的成就感。

背單字最有效率的方法之一是「配合例句背單字」，不僅可以熟悉情境上的應用，洞悉上下文的脈絡，對於實際對話或是閱讀也有極大的助益。在學習的單字量增加後，還可以代換句中的詞語，增加談話內容的廣闊度。

善用眼、耳、口、手、心五感學習，更能在日檢閱讀與聽力測驗中獲取高分，而在口說與書寫的實際應用上，也能更加得心應手、運用自如。

1 **2** **3** **4** **5** **6**

0542
☐
ねこ
【猫】

7 🔊
01

名 貓

⇒0069 單字

類 いぬ【犬】狗／どうぶつ【動物】動物

例 大学を卒業したら、猫を飼いたいです。　大學畢業之後想要養貓。
<small>だいがく　そつぎょう　　　　　　ねこ　か</small>

8 出題重點

▶文法　～たら　假定條件
表示如果前項實現了的話，就會發生後項的動作。

9 寵物

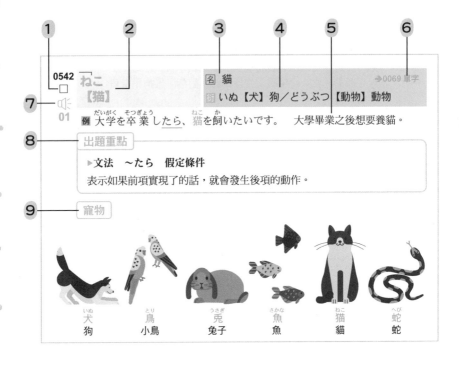

犬
狗　　　鳥
小鳥　　　兎
兔子　　　魚
魚　　　猫
貓　　　蛇
蛇

1 背誦確認框
　檢視自己的學習進度，將已確實熟記的單字打勾。

2 精選單字
　假名上方加註重音，【 】內為日文漢字或外來語字源。

3 字義與詞性
　根據新日本語能力試驗分級，標示符合本書難易度的字義。

▶詞性一覽表

自	自動詞	名	名詞	連體	連體詞	接續	接續詞
他	他動詞	代	代名詞	連語	連語	接助	接續助詞
I	一類動詞	い形	い形容詞	感嘆	感嘆詞	終助	終助詞
II	二類動詞	な形	な形容詞	助	助詞	接頭	接頭詞
III	三類動詞	副	副詞	慣	慣用語	接尾	接尾詞

＊為配合 N4 學習範圍，本書內文精簡部分單字的詞性標示。

4 相關單字

整理相關必背「類義詞」、「反義詞」及「衍生詞」，幫助考生擴大單字庫，對應新制日檢的靈活考題。

5 日文例句與中文翻譯

在生活化例句中密集運用常考的字彙與文法，讓考生熟悉用法、加強印象，並提供中文翻譯參考。

6 對應標示

標示本書相關單字的位置，方便學習者查詢、對照。

7 音軌標示

可依照對應的數字，按 P.11 的說明下載或線上聆聽音檔。

8 出題重點

針對新制日檢言語知識的考題，說明出題頻率較高的文法、詞意、慣用語等。另有隱藏版的「文化補充」，幫助學習者更加瞭解日本文化。

▶文法：以淺顯易懂的文字說明常考句型。
▶文法辨析：說明易混淆的文法用法。
▶詞意辨析：區別易混淆的單字意義與用法。
▶固定用法：列舉詞彙的固定搭配用語。
▶慣用：衍生出不同於字面意義的詞彙。
▶搶分關鍵：釐清易混淆的考試要點。

9 主題式圖像

將相同類型的補充單字搭配精美插圖，幫助考生記憶單字。

▶出題重點接續符號標記一覽表

接續符號	活用變化	範例
N	名詞語幹	今日、本、休み
な形	な形容詞語幹	きれい
な形－な	な形容詞基本形	きれいな
な形－で	な形容詞て形	きれいで
な形－である	な形容詞である形	きれいである
い形	い形容詞辭書形	忙しい
い形―い	い形容詞語幹	忙し
い形―くて	い形容詞て形	忙しくて
V V－る	動詞辭書形	話す、見る、来る、する
V－ます	動詞ます形	話し、見、来、し
V－て	動詞て形	話して、見て、来て、して
V－ている	動詞ている形	話している、見ている、来ている、している
V－た	動詞過去形	話した、見た、来た、した
V－ない	動詞否定形	話さない、見ない、来ない、しない
V―ない		話さ、見、来、し
V－ば	動詞條件形	話せば、見れば、くれば、すれば
V－（ら）れる	動詞被動形	話される、見られる、来られる、される

電子朗讀音檔下載方式

請先輸入網址或掃描 QR code 進入「三民・東大音檔網」。
https://elearning.sanmin.com.tw/Voice/

1 輸入本書書名搜尋，或點擊「日文」進入日文專區後，選擇「JLPT 滿分進擊系列」查找，即可下載音檔。

2 若無法順利下載音檔，可至右上角「常見問題」查看相關問題。

3 若有音檔相關問題，請點擊「聯絡我們」，將盡快為您處理。

　　新制日本語能力試驗 N4 的試題可分為「言語知識（文字・語彙）」、「言語知識（文法）・讀解」、「聽解」三大部分，皆為四選一的選擇題。其中，單字正是「文字・語彙」部分的得分關鍵，熟記字彙的意思與寫法，並搭配本書「出題重點」當中的「詞意辨析、固定用法、慣用、搶分關鍵」，就能輕鬆掌握此部分。「言語知識（文字・語彙）」共有以下五種題型：

1 漢字讀音

　　＿＿＿　の　ことばは　ひらがなで　どう　かきますか。1・2・3・4 から　いちばんいい　ものを　ひとつ　えらんで　ください。

（れい） いもうとは　かみが　長いです。

　　　　　　1　たかい　　　　　2　たがい　　　　　3　なかい　　　　　4　ながい

解答：4

　　本大題主要測驗考生是否能判斷漢字的讀音。平時學習上須多加留意單字當中的濁音、半濁音、促音和長音，以及訓讀漢字的念法。

2 漢字寫法

　　＿＿＿　の　ことばは　どう　かきますか。1・2・3・4 から　いちばん　いい　ものをひとつ　えらんで　ください。

（れい） わたしが　いちばん　すきな　どうぶつは　いぬです。

　　　　　　1　大　　　　　　　2　天　　　　　　　3　犬　　　　　　　4　太

解答：3

　　本大題主要測驗考生是否能判斷假名所對應的漢字，對臺灣考生來說是相當容易得分的一大題，不過仍須用心作答，避免一不小心選到錯誤的漢字。

3 前後文脈

　　（　　　）に　なにを　いれますか。1・2・3・4 から　いちばん　いい　ものを　ひとつ　えらんで　ください。

（れい） つかれましたから、（　　　）に　のります。

　　　　　　1　スーパー　　　　　　　　　　　2　エスカレーター

　　　　　　3　プレゼント　　　　　　　　　　4　ハンカチ

解答：2

　　本大題主要測驗考生是否能根據前後文，選出適當的語彙。平時學習上不僅要留意單字的中文意思，也可以透過多閱讀情境例句，來記憶常見的搭配用法。

4 類義替換

　　　　　の ぶんと だいたい おなじ いみの ぶんが あります。1・2・3・4から いちばん
いい ものを ひとつ えらんでください。

（れい）けさ　たべた　ケーキは　おいしかったです。

　　1　きょうの　あさ　たべた　ケーキは　おいしかったです。

　　2　あしたの　あさ　たべた　ケーキは　おいしかったです。

　　3　きょうの　よる　たべた　ケーキは　おいしかったです。

　　4　あしたの　よる　たべた　ケーキは　おいしかったです。

解答：1

　　本大題主要測驗考生是否能選出相近題目敘述意思的表達方式，也就是換句話說。學習
上可多記憶單字的「類義詞」、「反義詞」和「衍生詞」。

5 語彙用法

つぎの ことばの つかいかたで いちばん いい ものを 1・2・3・4から ひとつ えらん
で ください。

（れい）うえる

　　1　部屋の　まどに　カーテンが　うえて　います。

　　2　りんごが　木から　うえました。

　　3　こどもたちは　すいえいの　じゅぎょうを　うえて　います。

　　4　ひろい にわに 花と 木を うえる つもりです。

解答：4

　　本大題主要測驗考生是否了解語彙的正確用法，平時背誦單字時須留意詞義辨析和固定
的搭配用法。

　　透過本書有效地背誦字彙、增加單字量，便能在日檢考試獲得高分。

*實際出題情況、考試時間等，請參考日本語能力試驗官方網站：

http://www.jlpt.jp/tw/index.html

N4 單字速記王

目次

あ行

か行

さ行

た行

圖片來源：MaiBi、Shutterstock

▶あ／ア

0001 あいさつ
【挨拶】
☐
🔊 01

名・自Ⅲ 問候，寒喧

例 初めて会う人に元気に挨拶します。 向初次見面的人精神奕奕地問候。

0002 あいだ
【間】
☐

名 （過程進行）期間；（空間）之間 → N5 單字

例 赤ちゃんが寝ている間に、洗濯をしました。

趁小嬰兒睡著時，洗了衣服。

> 出題重點

▶文法 ～間に 趁著，在～期間內
表示在某段時間結束之前做某事。

0003 アイディア
【idea】
☐

名 主意，想法

例 あの人はアイディアを出すのが上手です。 那個人擅長出主意。

0004 あう
【合う】
☐

自Ⅰ 合，合適

例 この靴は今日の服に合いません。 這雙鞋子和今天的衣服不搭。

0005 あう
【遭う】
☐

自Ⅰ 遇到（事故等）

例 昨日バイクに乗っている時に交通事故に遭ってしまいました。

昨天騎機車的時候，遇到車禍。

> 出題重點

▶文法 Ⅴ－てしまう
表示遺憾、懊悔的心情。

0006 □
あかちゃん
【赤ちゃん】

名 嬰兒

例 赤ちゃんはものを口に入れるのが好きです。

嬰兒喜歡將物品放進口中。

0007 □
あがる
【上がる】

自I 上升；上漲；進入；入學

反 さがる【下がる】下降

例 昨日は 3 5度まで上がって本当に暑かったです。

昨天氣溫上升到35度，真的很熱。

0008 □
あきらめる
【諦める】

他II 放棄

例 日本語がなかなか 上手になりませんが、諦めないで頑張ります。

（花了很多工夫）日語怎麼也沒變好，但是不放棄會繼續努力。

0009 □
あく
【開く】

自I 開門營業；開著（門窗）　→ N5 單字

例 もうすぐ 10時なので、そろそろ店が開くはずです。

因為馬上要10點了，所以應該就要開店了。

出題重點

▸文法　Vはずだ　應該

用於以強而有力的根據，自信地推斷事情。

0010 □
あく
【空く】

自I 空著；有空

例 まだ空いている部屋はありますか。　請問還有空房嗎？

0011 □
アクセサリー
【accessory】

名 飾品

例 身体検査を受けるときアクセサリーをつけないでください。

健康檢查時，請勿配戴飾品。

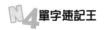

出題重點

▶**文法 Ⅴ－ない＋でください　請勿**

用於請求、指示對方不要做某件事。

飾品

イヤリング	ネックレス	ブレスレット	指輪 （ゆびわ）
耳環	項錬	手環	戒指

0012
☐

あげる
【上げる】

他Ⅱ 抬高，舉起；提高
反 さげる【下げる】降低

→ N5 單字

例 この荷物（にもつ）は重（おも）いですから、私（わたし）が棚（たな）の上（うえ）に上（あ）げますよ。

因為這個行李很重，所以我把它抬到架子上。

例 少（すこ）し寒（さむ）いですね。エアコンの温度（おんど）を上（あ）げましょうか。

有點冷耶！我來調高冷氣的溫度吧！

出題重點

▶**文法 Ⅴ－ます＋ましょうか　我來～吧**

用於提出為對方做某事。

0013
☐

あさい
【浅い】

い形 （深度、程度）淺的
反 ふかい【深い】（深度、程度）深的

例 台湾（たいわん）の西海岸（にしかいがん）は水深（すいしん）が浅（あさ）いです。　臺灣西海岸的水深很淺。

0014
☐

あじ
【味】

名 味道
衍 におい【匂い】氣味

例 このトンポーローは八角（はっかく）の味（あじ）がします。　這道東坡肉有八角的味道。

出題重點

▸固定用法　Ｎがする

表示「聲音」、「氣味」、「味道」等感覺。

例　嫌な予感がします。　有不好的預感。

味覺

すっぱい	甘い	苦い	しょっぱい・塩辛い	辛い
酸的	甜的	苦的	鹹的	辣的

0015
□

あす
【明日】

名・副　明天（表示鄭重、禮貌）
類　あした【明日】明天

例　明日時間があるとき、電話してもらえますか。

明天有空時，能打電話給我嗎？

出題重點

▸文法　Ｖ－てもらえますか／もらえませんか

用於請求他人進行某行為。

0016
□

あそび
【遊び】

名　遊戲
類　ゲーム【game】遊戲

例　「ジャンケン」はみんなが知っている遊びです。

「剪刀石頭布」是眾所皆知的遊戲。

剪刀石頭布

グー
石頭

チョキ
剪刀

パー
布

0017
□
あそぶ
【遊ぶ】

自I 玩 → N5 單字

反 はたらく【働く】工作

例 妹_{いもうと}はよくビデオゲームで遊んでいます。　妹妹經常玩電動遊戲。

0018
□
あつい
【厚い】

い形 厚的；（味道）濃的；（顏色）深的

反 うすい【薄い】薄的；（味道）淡的；（顏色）淺的

例 今日_{きょう}のパンはいつもより厚_{あつ}いですね。　今天的麵包比平常厚呢。

出題重點

▶文法　AはBより　A比B

提出其他的比較基準描述主題。

0019
□
あつまる
【集まる】

自I 聚集，集合 → N5 單字

例 誕生日_{たんじょうび}に友達_{ともだち}が集_{あつ}まって、ハッピーバースデートゥユーを歌_{うた}ってくれました。　生日時朋友聚在一起，為我唱「Happy birthday to you」。

出題重點

▶文法　V－てくれる　幫我，為我

表示主語的動作者為說話者做某件事。

0020
□
あつめる
【集める】

他II 集中；收藏

例 パーティーが終_おわったら、ごみを集_{あつ}めて出_だしてください。

派對結束後，請把垃圾集中扔掉。

▶文法 ～たら 之後

用於確定的未來，表示將來的某件事情實現後將做某事，經常表現說話者
的意志、想法、意見、建議。

0021
□ あと 　　　　　　　副 還有

例 あと３０分で授業が終わります。　還有30分鐘課程將結束。

0022
□ アナウンス 　　　　名 廣播
【announce】 　　　　類 おしらせ【お知らせ】通知

例 車内アナウンスの声がちょっと小さくて聞きにくいです。

車廂內廣播的聲音有點小聲，不容易聽清楚。

0023
□ あまる 　　　　　　自Ⅰ 剩餘
【余る】 　　　　　類 のこる【残る】剩下／あまり【余り】剩餘

例 余った晩ごはんのおかずは明日のお弁当にしましょう。

晚餐剩餘的菜，就當作明日的便當吧！

▶文法 Ｖ－ます＋ましょう ～吧

用於提議對方做某件事，或是邀請對方。

0024
□ あやまる 　　　　　自他Ⅰ 道歉
【謝る】

例 注文を間違えてしまったので、お客さんに謝りました。

因為弄錯訂單，所以向顧客道歉了。

▶文法 ～ので 因為

客觀承認前後的因果關係，或是用於委婉地進行解釋。

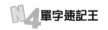

0025
☐ <u>ある</u>

| 自Ⅰ 舉行；在；有（不會動的東西） → N5 單字 |
| 類 いる 有；在（人、動物） 反 ない 沒有 |

例 東京でオリンピックがあります。 在東京舉辦奧運。

0026
☐ アルコール
【(荷) alcohol】

| 名 酒精 |
| 類 おさけ【お酒】酒 |

例 この飲み物にはアルコールが入っていますか。 這種飲料含酒精嗎？

酒

ビール
啤酒

ワイン
葡萄酒

ウイスキー
威士忌

カクテル
雞尾酒

0027
☐ <u>あんしょうばんごう</u>
【暗証番号】

| 名 密碼 |
| 類 パスワード【password】密碼 |

例 大事な暗証番号はノートにメモするようにしています。

我儘量將重要的密碼記錄在筆記本。

┌─ 出題重點 ─

▶文法 Vようにする 儘量

表示習慣性、持續性努力做某件事或注意某件事。

0028
☐ あんしん (な)
【安心 (な)】

| な形・自Ⅲ 安心，放心 |
| 反 しんぱい (な)【心配 (な)】擔心 |

例 友達が無事に家に帰ったと聞いて安心しました。

聽到朋友平安地回到家，我就安心了。

┌─ 出題重點 ─

▶文法 普通形＋と V

將原本的說話內容變成普通形接「と」，表示間接引用。

0029
□
あんぜん（な）
【安全（な）】

名・な形 安全

衍 あんぜんうんてん【安全運転】安全駕駛

例 運転中は安全のために、シートベルトを締めてください。

行駛中為了安全，請繫上安全帶。

0030
□
あんな

連體 那樣的

衍 そんな 那樣的／こんな 這樣的

例 私もあんな家に住みたいです。　我也想住那樣的房子。

0031
□
あんない
【案内】

名・他Ⅲ 帶路，導覽　　　　→ N5 單字

例 台湾に来るときは、教えてください。台湾を案内しますよ。

要來臺灣時，請告訴我。我會為你帶路喔！

0032
□
あんなに

副 那麼

衍 そんなに 那麼／こんなに 這麼

例 A：昨日見た映画、おもしろかったよね。　昨天的電影好有趣喔！

B：あんなにいい映画、生まれてはじめてだよ。

人生第一次看到那麼好看的電影。

出題重點

▸**詞意辨析　あんなに VS そんなに VS こんなに**

「あんなに」表示兩人共同的過去經驗。「そんなに」表示對方的狀態、

意見，語意上帶有否定意味。「こんなに」表示眼前所發生的事情。

例 A：このドラマ、最高だよ！　這部連續劇超好看！

B：え？そう！私はそんなに面白いと思わないけど。

咦？這樣啊！我不這麼認為。

例 こんなに熱いお茶は飲めません。　我無法喝這麼燙的茶。

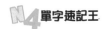

い／イ

0033
〜いか
【〜以下】

02

接尾 〜以下，低於〜
反 〜いじょう【〜以上】〜以上，超過〜

例 北海道は冬に５度以下になる日が多いので、夜、水道の水を出したまま寝ます。　因為北海道在冬天低於５度的日子很多，所以晚上睡覺會把水龍頭打開讓水流。

出題重點

▶文法　以上／以下／以外／以內

詞性近似接尾詞，可接於「名詞」、「數量詞」、「代名詞」後方，例如：「100円」、「5分」、「それ」、「これ」。但是，無法當作名詞接於「この」、「その」、「あの」、「Nの」後方。

▶文法　Ｖ－た＋まま

表示維持不自然的狀態，做別的動作。

0034
〜いがい
【〜以外】

接尾 〜以外，除〜之外
反 〜いない【〜以內】〜以內，〜之內

例 A：食事はいつがいいですか。　什麼時候可以吃個飯呢？
　 B：月曜以外なら大丈夫です。　星期一以外的話，我都可以。

出題重點

▶文法　Ｎなら　如果〜的話

承接對方的話題，表達想法或提供訊息，多用於建議、提議。

0035
いがく
【医学】

名 醫學
衍 いかだいがく【医科大学】醫學大學

例 医者になるために、医大に入って医学を勉強しました。

為了成為醫生，進入醫學大學就讀。

▸**文法辨析　V1 ために V2　VS　V1 ように V2　為了**

「ために」接在意志動詞後方，表示有意識地要實現某種目標。「ように」
接在非意志動詞後方，表示某種目標的狀態。「なる」可用於表示意志、
非意志的意思。

例　中国語が上手になるように一生懸命勉強しています。

　　為了中文能進步，拼命學習。

0036
□
いき
【行き】

名 去程
衍 とちゅう【途中】途中；半路上

例　行きはタクシーで、帰りはバスです。　去程搭計程車，回程搭公車。

▸**文法　〜は〜は**

「は」除了表示主題，還有對比的意思。用於舉出兩種不同的事物或情況
來對照。

0037
□
いきる
【生きる】

自Ⅱ 過活；活著
反 しぬ【死ぬ】死　衍 うまれる【生まれる】出生

例　人生を楽しく生きる方法はたくさんあります。

　　快樂過人生的方法有很多。

0038
□
いくら

副 無論〜也〜（後方接續「ても」或「でも」）

例　いくら失敗しても諦めないで頑張ります。

　　無論失敗多少次，我也不會放棄，會繼續努力。

▸**文法　V－ても　即使〜也〜**

表示在某條件下，出現違反常態的行為或結果。前方接續「いくら」時，
則用於強調條件的程度。

0039 いけん
☐ 【意見】

图 意見

例 勇気を出して自分の意見を言います。 鼓起勇氣說出自己的意見。

0040 いし
☐ 【石】

图 石頭

例 石でころんで、ケガをしました。 我因為石頭摔倒受傷了。

┌─ 出題重點 ─────

▶文法 で 由於，因為

表示原因、理由，句尾不能表現說話者的意志。

0041 いじめる
☐ 【苛める】

他Ⅱ 虐待，欺負
名 いじめ【苛め】虐待，欺負

例 テレビで親が子供をいじめるというニュースをよく見ます。

電視上常看到父母虐待兒童的新聞。

┌─ 出題重點 ─────

▶文法 〜というN

用於說明內容，例如報導、電話、通知、規則、意見等內容。

0042 いしゃ
☐ 【医者】

图 醫生

→ N5 單字

例 昨日 弟 はお医者さんに見てもらいました。

昨天弟弟看了醫生。

┌─ 出題重點 ─────

▶固定用法 お医者さん

稱呼醫生為「お医者さん」，而非「医者さん」。

▶文法 V－てもらう

表示接受對方的善意行為，含有請求的意思。

醫護相關人員

<ruby>医者<rt>いしゃ</rt></ruby>
醫師

<ruby>看護師<rt>かんごし</rt></ruby>
護理師

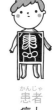

<ruby>患者<rt>かんじゃ</rt></ruby>
病人

0043 □
~いじょう
【~以上】

接尾 ~以上，超過~
反 ~いか【~以下】~以下，低於~

例 この<ruby>部屋<rt>へや</rt></ruby>には２０<ruby>人<rt>にん</rt></ruby><ruby>以上<rt>いじょう</rt></ruby>いると<ruby>思<rt>おも</rt></ruby>います。

我覺得這間房間裡有 20 人以上。

出題重點

▶文法　普通形＋と思う　想，認為，覺得

通常用於第１人稱，表示主觀推測、闡述意見。

0044 □
いそぐ
【急ぐ】

自I 趕快　　　　　　　　　　　　　→ N5 單字
衍 おくれる【遅れる】晚，沒趕上；慢，落後

例 <ruby>急<rt>いそ</rt></ruby>がないと、<ruby>高鉄<rt>こうてつ</rt></ruby>に<ruby>間<rt>ま</rt></ruby>に<ruby>合<rt>あ</rt></ruby>いません。　如果不趕快的話，就趕不上高鐵。

出題重點

▶文法　普通形＋と、～　如果～就

條件成立的情況下，某件事必然成立。用於自然發生的事情，或自然界的
法則。後方僅接續現在式，不能出現命令、意志、希望等形式。

0045 □
いたす
【致す】

他I 做（「する」謙讓語，常用「ます形」）
衍 なさる［尊］做

例 どうぞよろしく<ruby>お願<rt>ねが</rt></ruby>いいたします。　請多指教。

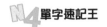

▶**文法　おＶ－ます＋いたします／ごＮいたします**

謙遜地敘述說話者的行為，表示敬意。

0046　いただく
□　【頂く】

| 他Ⅰ 吃；喝；得到（「食べる、飲む、もらう」謙讓語） |
| 彻 めしあがる【召し上がる】［尊］吃；喝 |

例　Ａ：どうぞ。遠慮しないで食べてください。　不用客氣，請用。

　　Ｂ：それでは、いただきます。　那麼我開動了。

例　お客様からお土産をいただきました。　從客人那裡收到伴手禮。

▶**文法　Ｎをいただく**

從長輩、上司等地位較高那方得到東西。

▶**文法　Ｖ－ていただく**

表示接受地位較高那方的善意行為，含有請求的意思。

例　先生に作文を直していただきました。　拜託老師幫我修改了作文。

▶**文法　Ｖ－ていただけませんか**

用於禮貌的請求對方。

例　ケーキの作り方を教えていただけませんか。

　　您能教我蛋糕的作法嗎？

0047　いちど
□　【一度】

| 副・名 1次 | ➜ N5 單字 |
| 彻 いちども【一度も】1次也～（後接否定） | |

例　先生、もう一度説明していただけませんか。

　　老師，能請您再說明1次嗎？

例　彼は遅刻・欠席をしたことが一度もありません。

　　他1次也沒有遲到或缺席。

▶**文法　Ｖ－た＋ことがある／ない　曾經／不曾**

肯定句表示過去的經歷，否定句則表示未曾經歷過的事。

0048 いつか

副 總有1天
彷 いつ 什麼時候

例 いつか鉄道で台湾を1周してみたいです。

總有1天我要試著坐火車環臺1圈。

出題重點

▶文法　Ｖ－てみる　試著做

表示嘗試做某個動作。

0049 いっしょうけんめい(な)
【一生懸命(な)】

副・な形 拼命，努力

例 マラソン大会では選手たちが一生懸命走っています。

馬拉松比賽中選手們拼命地奔跑著。

0050 いつでも
【何時でも】

副 隨時
彷 いまでも【今でも】現在也

例 Ａ：飲みに行くなら、いつがいいですか。

如果要去喝1杯，什麼時候方便呢？

Ｂ：いつでもいいですよ。　我隨時都可以喔。

0051 いっぱい
【一杯】

副・名 好多；滿滿
類 たくさん 大量，許多

例 やりたいことがいっぱいあります。　我有好多想做的事。

例 お腹がいっぱいで、一口も食べられません。

肚子好飽，一口也吃不下了。

0052
□
～いない
【～以内】

|接尾| ～以內，～之內
|反| ～いがい【～以外】～以外，除～之外

例 もうすぐ期末_{きまつ}なので、レポートを一週間_{いっしゅうかん}以内_{いない}に出_だしてください。

因為馬上要學期末了，所以請在一星期內交出報告。

0053
□
いなか
【田舎】

|名| 鄉下；故鄉
|反| とかい【都会】都會，城市

例 祖母_{そぼ}は田舎_{いなか}に住_すんでいます。　我的外婆住在鄉下。

0054
□
いのる
【祈る】

|他I| 祝福，祈禱
|衍| いのり【祈り】祈禱／ねがう【願う】祈禱

例 お二人_{ふたり}の幸_{しあわ}せを心_{こころ}より祈_{いの}っております。　由衷祝2位幸福。

例 お子_こさんが大学_{だいがく}に合格_{ごうかく}するように祈_{いの}っております。

祝您的兒子通過大學入學考試。

0055
□
いや（な）
【嫌（な）】

|名| 討厭的　　　　　　　　　　　　　　→ N5 單字
|衍| いやがる【嫌がる】討厭，不喜歡

例 嫌_{いや}なことがあった日_ひは、たくさん買_かい物_{もの}をします。

有討厭的事情發生那天就會瘋狂購物。

0056 いらっしゃる
□

| 自I | 有;在;去;來(「いる、行く、来る」尊敬語) |
| 仮 | おりますおる[謙]有;在 |

例 先生、今日は何時まで大学にいらっしゃいますか。

老師，請問您今天會在大學待到幾點？

例 車でいらっしゃったお客様は、当店の駐車場が無料で利用できます。

開車來的客人可免費使用本店的停車場。

0057 いれかえる
□ 【入れ替える】

| 他II | 更換(物品) |

例 腕時計の電池が切れてしまったので、電池を入れ替えました。

因為手錶的電池完全沒電，所以更換了電池。

出題重點

▶ 文法　V－てしまう

除了表示遺憾、懊悔的心情，還可以強調完了、結束。

更換

入れ替える
更換(物品)

履き替える
換(鞋襪)

着替える
換(衣服)

0058 いれる
□ 【入れる】

| 他II | 放入;打開(開關);沖泡 |
| 仮 | はいる【入る】進入;裝;上(大學等) |

例 紅茶に砂糖と牛乳を入れてミルクティーを作りました。

把砂糖和牛奶放入紅茶中，調製了奶茶。

例 印刷するときは、プリンタの電源をいれておいてください。

要列印時，請先開啟影印機的電源。

▶**文法　V－ておく　事先做**

表示為了某件事，事先準備。

0059
☐

インターネット・ネット
【internet】

名 網路
他 インストール【install】安裝

例 インターネットから音声ファイルがダウンロードできます。

可以從網路下載音檔。

0060
☐

インフルエンザ
【influenza】

名 流行性感冒
他 かぜ【風邪】感冒

例 友達はインフルエンザになったので、学校を休まなければなりません。

因為朋友得了流感，所以必須向學校請假。

▶**文法　V－ない＋なければならない　必須**

表示不論行為者的意志為何，必須要進行的事情。也經常用於婉拒對方，
表示雖然想答應對方的請求，但是有事情必須去做。

▶う／ウ

0061
☐
🔊
03

うえる
【植える】

他Ⅱ 種植

例 広い庭に花と木を植えるつもりです。

我打算在寬廣的庭院裡種花和樹。

▶**文法　V つもりだ　打算做**

表示說話者的意志、意圖，用於有具體計畫、實現性高時。

植物

種_{たね}	枝_{えだ}	葉_は	花_{はな}	実_み
種子	樹枝	葉子	花	果實

0062
□

うかがう
【伺う】

| 自他Ⅰ | 拜訪；聽；尋找 |

例 明日_{あした}３時_{さんじ}に先生_{せんせい}のお宅_{たく}に伺_{うかが}ってもよろしいでしょうか。

　我明天３點去老師家拜訪可以嗎？（「訪問する」謙讓語）

例 部長_{ぶちょう}から同僚_{どうりょう}が会社_{かいしゃ}をやめたと伺_{うかが}いました。

　從部長那裡聽到同事向公司辭職了。（「聞く」謙讓語）

出題重點

▶**文法　Ｖ－てもよろしいでしょうか　可以嗎？**

用於向地位較高那方請求許可。與「Ｖ－てもいいですか」相比，為更客
氣的説法。

0063
□

うけつけ
【受付】

| 名 | 服務臺，接待處 | → N5 單字 |
| 類 | まどぐち【窓口】窗口 | |

例 デパートの１階_{いっかい}の受付_{うけつけ}に行_いって紳士服_{しんしふく}売_うり場_ばがどこか、聞_ききました。

　去百貨公司１樓服務臺，詢問了紳士服飾賣場在哪。

出題重點

▶**文法　〜が／を／に〜疑問詞＋か**

表示不確定。將含疑問詞的疑問句當「名詞子句」帶入句中，子句主詞不
可使用助詞「は」，一定要用助詞「が」。「名詞子句」後方經常接續「知
っている」、「言う」、「聞く」、「わからない」、「〜てみる」。

（✕）彼_{かれ}はどこに行_いったか分_わかりません。

（◯）彼_{かれ}がどこに行_いったか分_わかりません。　我不知道他去哪。

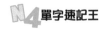

0064 □
うける
【受ける】
他Ⅱ 參加

例 子供たちは水泳の授業を受けています。　孩子們在上游泳課。

0065 □
うごく
【動く】
自Ⅰ 動，轉動　　　　　　　　　→ N5 單字
衍 うごかす【動かす】開動，發動

例 この時計は電池が切れて動きません。

這個時鐘的電池沒電，所以不會動。

0066 □
うしろ
【後ろ】
名 後面　　　　　　　　　→ 附錄「方向、位置」
反 まえ【前】前面　衍 よこ【横】旁邊

例 私の会社はあの高いビルの後ろです。　我的公司在那棟高樓的後面。

0067 □
うすい
【薄い】
い形 （味道）淡的；（顏色）淺的；薄的　→ N5 單字
反 あつい【厚い】（味道）濃的；（顏色）深的；厚的

例 お味噌汁の味がちょっと薄いので、少し塩を入れました。

因為味噌湯的味道有點淡，所以放了一點鹽巴。

0068 □
うそ
【嘘】
名 謊言
衍 うそつき【嘘つき】騙子

例 子供は大人に叱られないように、嘘をつきます。

小孩子為了不被大人責罵而說謊。

出題重點

▶固定用法　嘘をつく　說謊

「說謊」在日文中習慣說「嘘をつく」，較少說「嘘を言う」。

0069 □
うち
名 （範圍、期間）之內，之中；家　→ N5 單字
衍 おたく【お宅】貴宅（尊敬語）

例 5人のうちで私が一番背が低いです。　在5個人之中我是最矮的。
例 うちでは父が料理をします。　在我家是爸爸負責做菜。

0070 うつ
【打つ】

他 I 碰撞；打

例 事故で 頭 を強く打って、病 院 に運ばれました。

由於意外事故撞到頭，被送到醫院。

出題重點

▶**文法　N1 は N2 に（N3 を）V-[a] れる／られる　被** → 附錄「動詞變化表」

表示自己的身體、所有物，或相關的人事物，承受了某人的行為。另外，請注意「 I 類動詞」與「Ⅲ 類する動詞」的被動動詞變化形，與可能動詞變化形不同。

0071 うつくしい
【美しい】

い形 美麗的，好看的
類 きれい（な）【綺麗（な）】漂亮

例 富士山から美しい景色が見えます。　從富士山看得到美麗的景緻。

0072 うつす
【写す】

他 I 抄寫；拍照

例 黒板に書いてあることを急いで写してください。

請快點抄下黑板上寫的東西。

出題重點

▶**文法　V-てある**

僅能用於意志他動詞，表示動作的結果。用於敘述看到的狀態，或是有某種意圖的動作結果。

0073 うつす
【移す】

他 I 轉移，遷移

例 パソコンの写真をスマホに移したいです。

我想將電腦裡的照片轉移到智慧型手機裡。

0074 うつる
【写る】

自 I 拍照

例 ここに 私 が写っています。　我在照片中的這裡。（一邊看著照片）

0075
☐
うつる
【移る】

自Ⅰ 移動

例 ここはうるさいので、あちらの席（せき）に移（うつ）りましょう。

因為這裡很吵，所以我們移到那邊的位子吧！

0076
☐
うで
【腕】

名 手臂；本領

例 サルは腕（うで）がとても長（なが）いです。　猴子的手臂很長。

手

腕（うで）	肘（ひじ）	手（て）	手首（てくび）	爪（つめ）
手臂	手肘	手	手腕	指甲

0077
☐
うでどけい
【腕時計】

名 手錶

例 スマホで十分（じゅうぶん）ですから、腕時計（うでどけい）はしません。

因為智慧型手機就夠用了，所以不戴手錶。

0078
☐
うまい
【上手い】

い形 技巧高明的

類 じょうず（な）【上手（な）】擅長，好

例 先生（せんせい）は学生（がくせい）をほめるのがうまいです。　老師很會誇獎學生。

0079
☐
うまくいく

自Ⅰ 進展順利

例 仕事（しごと）がうまくいきませんが、あきらめたくないので頑張（がんば）っています。

工作不順利，但是因為不想放棄，所以仍在努力。

出題重點

▶固定用法　うまくいく

「進展順利」會以「うまくいく」表達，而不是「うまくいける」。

0080 うら
☐ 【裏】

名 背面，反面　　　　　→ 附錄「方向、位置」
反 おもて【表】表面，正面

例 写真の裏に字が書いてあります。　相片背面有寫字。

0081 うりば
☐ 【売り場】

名 賣場　　　　　→ N5 單字
衍 コーナー【corner】賣場劃分的區域；角落

例 食料品売り場はデパートの地下にあります。

食品賣場在百貨公司的地下樓層。

0082 うるさい
☐

い形 吵鬧的，煩人的　　　　　→ N5 單字
衍 にぎやか（な）【賑やか（な）】熱鬧

例 少しうるさいですよ。静かにしてください。　有點吵喔！請保持安靜。

0083 うれしい
☐ 【嬉しい】

い形 高興的
衍 たのしい【楽しい】開心的

例 昨日友達から嬉しいニュースを聞きました。

昨天從朋友那裡，聽到令人高興的消息。

┌─ 出題重點 ─

▶詞意辨析　嬉しい VS 楽しい

「嬉しい」描述個人當下的感受。「楽しい」描述被引發的持續性感受，

以及能夠與在場其他人分享的心情。

例 初めて台湾に来た木村さんは楽しそうです。

初次來到臺灣的木村先生，看起來很開心。

0084 うれる
☐ 【売れる】

自II 暢銷
衍 うる【売る】賣／うりきれ【売り切れ】售完

例 売れない商品を売るために、いいアイディアを探しています。

為了銷售滯銷商品，在尋找好主意。

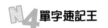
0085 □
うんてん
【運転】

名・他Ⅲ 駕駛

類 ドライブ【drive】開車兜風

例 テレビを見ながら 車を運転するのは危ないです。

一邊看電視一邊駕駛很危險。

┌ 出題重點 ┐

▶文法 Ｖーます＋ながら 一邊～一邊～

表示一個人同時進行兩個動作，「ながら」後方的動詞為主要動作。

0086 □
うんてんしゅ
【運転手】

名 司機

類 うんてんせき【運転席】駕駛座

例 運転 中は運転手と喋らないほうがいいです。

不要和行駛中的司機聊天比較好。

┌ 出題重點 ┐

▶文法 Ｖーた／ない＋ほうがいい 比較好

用於向對方提出建議或勸導時。

0087 □
うんどう
【運動】

名・自Ⅲ 運動

類 スポーツ【sports】運動

例 運動しすぎると、体 に良くないです。　運動過度的話，對身體不好。

┌ 出題重點 ┐

▶文法 Ｖーます＋すぎる 過於～

表示某種行為超過容許的限度，讓人感覺不佳。

運動

バドミントン　テニス　野球　卓球　サッカー
羽球　　　　網球　　棒球　桌球　足球

0088
うんどうかい
【運動会】

名 運動會
衍 オリンピック【Olympic】奧林匹克運動會

例 明日学校で運動会があります。　明天學校舉行運動會。

文化補充

▶運動會

「うんどうかい」在日本僅用於學校、地域性的運動會，國高中運動會以「体育祭（たいいくさい）」表示，大學運動會以「体育祭（たいいくさい）」與「スポーツフェスティバル (Sports Festival)」表示，全國性運動會則以「～選手権（～せんしゅけん）」與「全国大会（ぜんこくたいかい）」表示。

え／エ

0089
エスカレーター
【escalator】

名 電扶梯
衍 エレベーター【elevator】電梯

→ N5 單字

04

例 デパートの上の階からエスカレーターで1階ずつ降りて店を見ます。

從百貨公司樓上，搭電扶梯下樓到每層逛逛。

出題重點

▶文法　ずつ　每

表示以相同的數量反覆進行。

0090
えだ
【枝】

名 樹枝
衍 は・はっぱ【葉・葉っぱ】葉子

例 公園で桜の枝を折ってはいけません。

在公園不可以折櫻花的樹枝。

出題重點

▶文法　V－てはいけない　不可以

表示禁止做某事。常用於說明規則，或是警告對方。

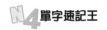
0091
□
えらい
【偉い】

> い形 偉大的，了不起的
> 衍 すごい 厲害的（表示感嘆或佩服）

例 えらい先生でも間違えることがあります。

即使是很厲害的老師，有時也會弄錯。

例 A：３ヶ月で５キロ瘦せたんだ。　我３個月內瘦了５公斤。

B：えらい。　了不起！（稱讚）

▶**文法　V／V－ない＋ことがある　有時**

表示有時會發生的事情。

0092
□
えらぶ
【選ぶ】

> 他 I 選擇
> 衍 せんたくし【選択肢】選項

例 この選択肢から正しい答えを選んでください。

請從這些選項中選擇正確的答案。

0093
□
えんりょ
【遠慮】

> 名・自他 III 客氣；停止

例 A：遠慮しないで食べてね。　不用客氣，請用。

B：じゃ、遠慮なくいただきます。　那我就不客氣地開動了。

▶**固定用法　遠慮なく　不客氣**

「遠慮」詞性雖為「名詞」，使用上會以「遠慮なく」表達不客氣，而不是「遠慮がなく」。類似的用法有「仲良く」，表示關係良好的，並不會用「仲が良く」表現。以及由「仕方がない」變化而來的「仕方なく」，表示不得不做某件事，「仕方がなく」的用法並不常見。

おタバコはご遠慮ください　撮影はご遠慮ください　ペットはご遠慮ください
請勿吸菸　　　　　　　　　請勿拍照　　　　　　　　　請勿攜帶寵物

▶お／オ

0094
□
05

おいわい（いわい）
【お祝い（祝い）】

名・他Ⅲ 賀禮；祝賀
衍 いわう【祝う】慶祝

例 昨日は母の誕生日だったので、お祝いに靴をプレゼントしました。

因為昨天是我媽媽的生日，所以送了鞋子當賀禮。

0095
□

おうえん
【応援】

名・他Ⅲ 聲援，支持

例 今日の試合には、たくさんのファンが応援に来てくれました。

今天的比賽有許多粉絲來幫我聲援。

0096
□

おうだんほどう
【横断歩道】

名 斑馬線

例 赤信号なのに、横断歩道を渡っている人がいます。危ないですね。

明明是紅燈，卻有人在穿越斑馬線。真的很危險！

出題重點

▶文法　～のに、～　卻

表示感到意外、不滿，出現預期之外的結果。

交通

道路（どうろ）	歩道（ほどう）	交差点（こうさてん）	信号（しんごう）
馬路，道路	人行道	十字路口	紅綠燈

0097
☐

おえる
【終える】

他Ⅱ 結束，做完
反 はじめる【始める】開始

例 5時半までに仕事を終えたほうがいいです。

在5點半之前將工作結束比較好。

0098
☐

おおきな
【大きな】

連體 大的
類 おおきい【大きい】大的

例 今地球温暖化は大きな問題です。　現在地球暖化是很大的問題。

0099
☐

～おかげ

幸虧～
衍 おかげさまで 託您的福（寒暄用語）

例 あなたのおかげで助かりました。　多虧您，幫了大忙。

┌─ 出題重點 ─────────────────

▶文法　～おかけで

表示由於某種原因，得到好的結果，含有感謝的意思。

└────────────────────────

0100
☐

おかしい

い形 奇怪的；不合邏輯的
類 おかしな 奇怪的

例 体の調子がおかしいので、保健室で休みました。

因為身體不太舒服，所以在保健室休息了。

例 一生懸命働いているのに、女の人のほうが給料が安いのはおかし

いです。　明明拼命地在工作，女性的薪水卻比較少，這很不合理。

0101
□ おかわり
【お代わり】

名・他Ⅲ 續杯

例 A：コーヒーのおかわりはいかがですか。　請問咖啡要續杯嗎？

　　B：いいえ、けっこうです。　不，不用了。

0102
□ 〜おきに

接尾 毎隔〜（時間、距離等）

例 １ヶ月おきに医者に見てもらっています。

我每隔１個月看醫生。

0103
□ 〜おきば
【〜置き場】

接尾 〜放置處

例 大きい荷物は、全部荷物置き場に置いてから会場に入ってください。

大型行李請全部放在行李放置處後入場。

0104
□ おきる
【起きる】

自Ⅱ 起床；發生；不睡，醒著　　→ N5 單字
類 おこる【起こる】發生　反 ねる【寝る】睡覺

例 さっき起きたばかりで、まだ眠いです。　剛剛才起床，還很睏。
例 前の交差点でどうも事故が起きたようです。

前面路口好像發生了車禍。

出題重點

▸文法　Ｖ－た＋ばかり　剛剛

用於說話者主觀表示事情才剛剛結束不久，但在客觀上或許相隔了一段時間。

▸文法　Ｖ ようだ　好像

表示說話者根據自己的感覺、主觀做推測。常與「どうも」搭配使用，表示不確定。

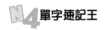

0105 ☐

おく
【置く】

他I 放，放置
衡 ～おきば【～置き場】～放置處

→ N5 單字

例 ごちそうさまでした。お金はテーブルに置いておきますよ。

吃飽了謝謝招待，錢就放在桌上！

出題重點

▶文法　V－ておく

表示保持某個狀態。口語中常常把「～ておく」說成「～とく」。另外，

也可用於表示為了某件事，事先準備。

例 A：風が強くなったので、窓を閉めましょうか。

　　　風變大了，我來關窗戶吧！

　　B：いいえ、開けておいてください。　不，請開著。

0106 ☐

おく
【奥】

名 深處；尾端
反 てまえ【手前】跟前（靠自己這邊，自己面前）

例 引き出しの奥に1枚の写真があります。　抽屜深處有1張照片。

0107 ☐

おくじょう
【屋上】

名 頂樓，屋頂
衡 やね【屋根】屋頂

例 このホテルの屋上は、風も気持ちいいし、景色もいいです。

　這間飯店頂樓，風吹起來既舒服，景色也很好。

出題重點

▶文法　～し　既～又～

用於列舉優點敘述主題，或是列舉理由。並列句中常用助詞「も」，表示

說話者想要累積優點、理由。

例 この店はおいしいし、安いし、人気があります。

　這間店既好吃又便宜，很受歡迎。

0108
☐

おくる
【贈る】

他I 贈送
衍 おくりもの【贈り物】贈品，禮物

例 友達の誕生日にプレゼントを贈りたいんですが、何がいいでしょうか。

朋友生日時想送禮，要送什麼好呢？

出題重點

▶ 文法　～んですが、～

用於引導出話題，製造說話的機會。

0109
☐

おくる
【送る】

他I 寄送；送行　　→ N5 單字
反 むかえる【迎える】迎接

例 みんなにお知らせのメールを送りました。　將通知郵件寄給了大家。
例 雨の日に母は車で学校まで送ってくれます。

下雨天我媽媽開車送我到學校。

0110
☐

おくれる
【遅れる】

自II 晚，沒趕上；慢，落後
類 ちこく【遅刻】遲到（僅用於人）

例 台鉄は毎朝5分ぐらい遅れます。　臺鐵每天早上誤點約5分鐘。
例 この腕時計は10分遅れています。　這隻手錶慢了10分鐘。

0111
☐

おこさん
【お子さん】

名 （別人的）小孩

例 お子さんは勉強もできるし、性格もいいですね。

您的小孩既會念書，個性又好。

稱呼對方的小孩

お子さん
（別人的）小孩

息子さん
（別人的）兒子

娘さん・お嬢さん
（別人的）女兒

49

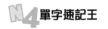

0112 □

おこす
【起こす】

他Ⅰ 叫醒；引起

例 私は今朝も母に起こされました。　今天早上也是被我媽媽叫醒。

例 先生によると、うちの子は学校でよく問題を起こすそうです。

聽老師說，我們的孩子在學校經常引起問題。

┌─ 出題重點 ─────────────────

▶文法　Nによると、普通形＋そうだ

表示消息來源，用於從他人獲得資訊時。

0113 □

おこなう
【行う】

他Ⅰ 舉行，舉辦

例 来週ここでテニスの試合が行われます。　下星期這裡要舉行網球比賽。

0114 □

おこる
【怒る】

自Ⅰ 生氣，發怒　　　→ N5 單字
類 しかる【叱る】責罵

例 宿題を忘れて先生に怒られました。　忘了交作業，惹老師生氣了。

0115 □

おしいれ
【押入れ】

名 日式壁櫥

例 朝起きたら、布団を押入れに入れてください。

早上起床後，請將棉被放入壁櫥裡。

0116 □

おせわになる
【お世話になる】

慣 承蒙照顧

例 留学中はたくさんの人にお世話になりました。

留學中承蒙許多人照顧。

0117 □

おたく
【お宅】

名 貴宅（「うち」、「いえ」尊敬語）
類 おすまい【お住まい】住所

例 部長、明日お宅にいらっしゃいますか。　經理，您明天在家嗎？

0118
□

おちる
【落ちる】

| 自Ⅱ 掉落；落榜 |
| 彷 おとす【落とす】弄掉；弄丟；使～不及格 |

例 りんごが木から落ちました。　蘋果從樹上掉下來了。

例 今年も大学入試に落ちてしまいました。　今年大學入學考試也落榜了。

0119
□

おっしゃる

| 他Ⅰ 叫；說（「言う」尊敬語） |
| 彷 もうしあげる【申し上げる】［謙］說 |

例 白石さん、木村さんとおっしゃる方からお電話です。

白石先生，有位叫木村的人來電。

例 皆さん、ご意見があれば、おっしゃってください。

大家如果有意見的話，請說出來。

┌─ 出題重點 ─┐

▶**搶分關鍵　おっしゃいます**

おっしゃる的ます形：おっしゃいます

くださる的ます形：くださいます

ござる的ます形：ございます

▶**文法　～ば　如果～**

表示假定的情況，或是事情成立的條件。

0120
□

おっと
【夫】

| 名 （自己的）老公，先生 |
| 反 つま【妻】（自己的）老婆，太太 |

例 夫は再来週大阪に出張する予定です。

我老公預定下下星期到大阪出差。

┌─ 出題重點 ─┐

▶**文法　Ｖ予定だ　預定**

用於敘述預定的計畫。

0121
□

おつり
【お釣り】

| 名 找錢 |　　　　　　　　　→ N5 單字

例 お釣りとレシートを忘れないでください。　請勿忘記您的零錢和發票。

0122
□
おと
【音】

名 聲音
類 こえ【声】聲音
→ N5 單字

例 Ａ：隣 の部屋からテレビの音がするよ…。

從隔壁房間傳來電視的聲音……。

Ｂ：え？隣 には誰もいないのに、変だね。

耶？隔壁房間明明沒有人，好奇怪喔！

0123
□
おとす
【落とす】

他Ⅰ 弄掉；弄丟；使～不及格
彻 おちる【落ちる】掉落；落榜
→ N5 單字

例 子供はカップをうっかり落としてしまいました。

小孩一不小心將杯子弄掉了。

例 スマホをどこかに落としてしまいました。

我把手機掉在某個地方了。

例 息子は授業をサボって単位を落としてしまいました。

兒子因為翹課被當掉了。

0124
□
◁🔊
06
おととい
【一昨日】

名・副 前天
彻 おととし【一昨年】前年
→ 附錄「時間副詞」

例 おととい、知らない番号から電話がかかって来ました。気持ち悪いです。

前天有不明號碼來電。感覺不舒服。

0125
□
おどる
【踊る】

自Ⅰ 跳舞
彻 ダンス【dance】舞蹈／うたう【歌う】唱歌
→ N5 單字

例 一緒に音楽に合わせて踊ろう。 一起隨著音樂跳舞吧！

出題重點

▶文法 Ｖ－（よ）う 動詞意量形
→ 附錄「動詞變化表」

為「～ましょう」普通形，用於上對下或是較親近的關係，提議對方做某

事，或是邀請對方。另外，也可以表示自己的意志，用於日記、內心想法。

0126
☐ おどろく
【驚く】

自Ⅰ 驚嚇
類 びっくりする 嚇一跳，吃驚

例 赤ちゃんは大きい犬を見て驚きました。

小嬰兒看到大狗，嚇了一跳。

情緒動詞

驚く	喜ぶ	楽しむ	怒る	泣く
驚嚇	感到高興	期待	生氣	哭

0127
☐ おねがいする
【お願いする】

他Ⅲ 拜託
類 たのむ【頼む】請求，委託

例 自転車が故障したので、自転車屋さんに修理をお願いしました。

因為腳踏車故障，拜託了腳踏車店修理。

0128
☐ おまわりさん
【お巡りさん】

名 警察先生（小姐）　　　　　→ N5 單字
類 けいさつ【警察】警察

例 おまわりさん！助けてください。　警察先生，請幫幫我！

0129
☐ おみまい
【お見舞い】

名 探視；慰問品

例 お見舞いに来てくれてありがとうございます。　很感謝您來探病。

0130
☐ おみやげ
【お土産】

名 伴手禮，土產
類 プレゼント【present】禮物；送禮

例 旅行に行ったら、いつもお土産を職場の同僚に配ります。

去旅行後，總是將伴手禮分給同事。

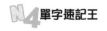

0131
☐ おもいだす
【思い出す】

他Ⅰ 想起
衍 おもいで【思い出】回憶

例 昨日習った言葉の意味が思い出せません。

我想不起來昨天學過的單字意思。

0132
☐ おもう
【思う】

他Ⅰ 想，認為，覺得　　　→ N5 單字
類 かんがえる【考える】思考，想

例 A：冬休みはどうするんですか。　你寒假要怎麼過？

　　B：私は台湾へ旅行に行こうと思っています。　我打算去臺灣旅遊。

出題重點

▶**文法　V−（よ）う＋と思う　打算**

表示意志、即將發生的行動。如果使用「思っている」，表示這一段時間以來一直想。其次，施動者為第3人稱的情況下，「思っている」後方要接續「そうだ」、「らしい」、「のだ」等詞語。

例 山田さんは夏祭りに行こうと思っているらしいです。

　　山田先生好像打算去夏日祭典。

▶**文法　普通形＋と思う　想，認為，覺得**

通常用於第1人稱，表示主觀推測、闡述意見。判斷、思考的內容，使用助詞「と」表示。在表示第3人稱的想法時，須變化為「普通形＋と思った」。

（×）先生はこの学生をまじめだと思います。

（○）先生はこの学生をまじめだと思いました。

　　老師覺得這位學生很認真。

0133
☐ おもちゃ
【玩具】

名 玩具
衍 にんぎょう【人形】人偶，娃娃

例 今、弟は新しいおもちゃで遊んでいます。　弟弟現在正在玩新玩具。

0134
☐ おもて
【表】

名 表面，正面
反 うら【裏】背面，反面

例 テストの答えはプリントの表に書いてあります。

　　答案寫在測驗紙的正面。

0135
☐ おや
【親】

名 父母

類 りょうしん【両親】雙親，父母親

例 親によると、松本さんの父親は小学校の先生だそうです。

聽爸媽說，松本先生的父親是小學老師。

家族關係

親戚
親戚

兄弟
兄弟

姉弟
姉弟

兄妹
兄妹

姉妹
姉妹

0136
☐ おゆ
【お湯】

名 熱水

衍 みず【水】水

例 お風呂にお湯を入れましょうか。　我來放熱水到澡盆吧！

例 A：どうしたんですか。　怎麼了嗎？
　　B：お湯が出ないんです。　沒有熱水。

0137
☐ おります(おる)

自Ⅰ・補助 在；有（「いる」謙讓語，常用「ます形」）

衍 いらっしゃる・おいでになる [尊] 有；在

例 母は今おりません。　我媽媽現在不在家。
例 主人は今出かけております。　我先生現在外出中。

0138
☐ おりる
【降りる】

自Ⅱ 下（交通工具）　　　　　　➡ N5 單字

反 のる【乗る】搭乘

例 次の駅で電車を降りるつもりです。　我打算在下一站下車。

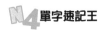

0139 □
おる
【折る】

他I 折；折彎
衍 ころぶ【転ぶ】摔倒

例 転んで骨を折ってしまいました。　我摔倒骨折了。
例 母は手紙を３つに折って封筒に入れました。

我媽媽將信折三折，放入了信封。

0140 □
おれい
【お礼】

名 致謝；謝禮；感謝語
衍 かんしゃ【感謝】致謝

例 これまで先生にたいへんお世話になりました。お礼申し上げます。

至今承蒙老師的關照，向老師致謝。（信件內容）

┌─ 出題重點 ─
│
│ ▶固定用法　お礼申し上げます
│
│ 非常客氣、禮貌的用法，常用於手寫信或是電子郵件。
└─

0141 □
おれる
【折れる】

自II 折斷了；折到
衍 まがる【曲がる】轉，轉彎；歪

例 台風で枝が折れてしまいました。　由於颱風樹枝都折斷了。
例 このページ、角が折れている。　這一頁，書角折到了。（用於內心獨白）

0142 □
おろす
【下ろす】

他I 領（錢）
→ N5 單字

例 お金を下ろしたいんですが、この辺にＡＴＭがあるかどうか知りませ

んか。　我想領錢，你知道這附近有沒有 ATM 嗎？

┌─ 出題重點 ─
│
│ ▶文法　～が／を／に～かどうか
│
│ 表示不確定。將不含疑問詞的疑問句，作為「名詞子句」帶入句中，必須
│
│ 加上「どうか」。後方經常接續「知っている」、「言う」、「聞く」、「分
│
│ からない」、「～てみる」。
└─

0143
□
おわり
【終わり】

图 結束
反 はじめ【初め】開始

例 今月の終わりにフランスへ出張します。　這個月的月底會到法國出差。

0144
□
おわる
【終わる】

自I 結束　　　　　　　　　　　→ N5 單字
反 はじまる【始まる】開始

例 期末テストが終わったら、カラオケにでも行きます？

期末考結束後，要去唱個 KTV嗎?

例 食べ終わったら、お皿を下げてください。　吃完後，請收走盤子。

┌─ 出題重點 ─────────────────────────┐
│   │
│ ▶文法　V－ます＋終わる   │
│ 表示動作、作用結束。   │
│   │
└─────────────────────────────────┘

┌─ 筆記區 ──────────────────────────┐
│   │
│   │
│   │
│   │
│   │
│   │
│   │
│   │
│   │
│   │
│   │
│   │
│   │
└─────────────────────────────────┘

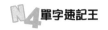

▶か／カ

0145
□
07

〜か
【〜家】

接尾 〜家（專門從事某一學問或藝術的人）
衍 〜いん【〜員】〜員（某團體所屬人員）

例 将来の夢は 小 説家になることです。　我將來的夢想是成為小說家。

職業

おんがくか
音楽家
音樂家

が か　　　げいじゅつか
画家 ・ 芸 術 家
畫家 ・ 藝術家

せんもん か
専門家
專家

かいしゃいん
会社員
上班族

ぎんこういん
銀行員
銀行員

てんいん
店員
店員

えきいん
駅員
站務員

0146
□

カーテン
【curtain】

名 窗簾
衍 まど【窓】窗戶

例 今から着替えるので、カーテンを閉めてください。

因為現在要換衣服，請關上窗簾。

0147
□

〜かい
【〜会】

接尾・名 〜會；集會
衍 かいいん【会員】會員

例 土曜日、暇だったら、食事会に来てください。

星期六如果有空，請來餐會。

出題重點

▶文法 ～たら 如果（假定條件）

表示某條件成立的話，後項動作、事件就會發生。經常用於陳述某條件下，說話者的立場、意見、要求、狀況。

0148
☐ かいがい
【海外】
名 海外，國外
衍 かいがいりょこう【海外旅行】海外旅行
例 海外で働くことを考えています。　我考慮在國外工作。

0149
☐ かいがん
【海岸】
名 海岸
類 ビーチ【beach】海邊
例 台湾の東海岸は自然が多くて景色がきれいです。
臺灣東海岸的自然景觀豐富，而且景色優美。

0150
☐ かいぎ
【会議】
名 會議　→ N5 單字
衍 かいぎしつ【会議室】會議室
例 来週の月曜日の3時から会議を行います。
從下星期一的3點召開會議。

0151
☐ かいさつ
【改札】
名 票閘；剪票
衍 かいさつぐち【改札口】票閘，剪票口
例 西口の改札を出ると、右側にコインロッカーがあります。
出了西邊出口的票閘，右側就有投幣式寄物櫃。

0152
☐ かいじょう
【会場】
名 會場
例 剣道大会の会場がどこか、知っていますか。
你知道劍道比賽的會場在哪裡嗎？

0153
☐ がいしょく
【外食】
名・自Ⅲ 外食
反 じすい【自炊】自炊
例 今の若い人は自炊より、外食する人が多いと思います。
我覺得現今的年輕人比起自己動手做飯，外食的人較多。

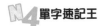

0154
□ かいわ
【会話】

名・自Ⅲ 會話
衍 しゃべる【喋る】閒聊

例 日本語の会話を練習したいので、塾に行くことにしました。

因為想練習日語會話，所以決定去補習。

出題重點

▶文法 Ｖことにする　決定

表示決定將來是否做某件事，常用於養成新習慣。

0155
□ かう
【飼う】

他Ⅰ 飼養
→ N5 單字

例 A：寮で金魚を飼ってもいいですか。　可以在宿舍養金魚嗎？

　　B：すみませんが、それはちょっと。　不好意思，那不太方便。

出題重點

▶文法 Ｖ－てもいい　可以

用於請求對方許可，或是同意對方的請求。不同意對方的請求時，儘量委婉拒絕。

0156
□ かえる
【変える】

他Ⅱ 改變

例 髪型を変えてみたいです。　我想試著換髮型。

0157
□ かがく
【科学】

名 科學
衍 かがくしゃ【科学者】科學家

例 自然科学も人文科学も科学ですが、研究方法が全然違います。

自然科學和人文科學雖然皆屬於科學，但是研究方法完全不同。

0158
□ かがみ
【鏡】

名 鏡子
衍 ガラス【glass】玻璃

例 出かける前にいつも鏡を見ます。　我出門前總是會照鏡子。

0159 かかる
【掛かる】

> 自Ⅰ 掛著；濺到；花費；上（鎖）　→ N5 單字

例 部屋の窓にカーテンがかかっています。　房間窗戶掛著窗簾。

例 コートに醤油がかかってしまいました。　外套濺到醬油了。

0160 かくにん
【確認】

> 名・他Ⅲ 確認
> 類 チェック【check】確認；檢查

例 忘れ物がないかどうか何回も確認したのに、忘れ物をしてしまいました。

明明確認了好幾次有沒有遺忘物品，卻還是遺忘東西了。

0161 がくぶ
【学部】

> 名 院系
> 衍 がっか【学科】學科，科目

例 大学にはいろいろな学部があります。　大學有各式各樣的院系。

0162 かける

> 他Ⅱ 懸掛；淋；蓋；坐（椅子）；打（電話）；戴（眼鏡）

例 壁に大好きな画家の絵がかけてあります。

牆上掛著我最喜歡的畫家的畫。

例 カレーにとんかつソースをかけて食べるのは変ですか。

在咖哩飯上淋豬排醬汁，這樣吃會很奇怪嗎？

例 寒いから、布団を2枚かけて寝ました。

因為天氣冷，所以蓋了2條被子睡覺。

醬汁

（食べ物）に（調味料）をかける
淋

（食べ物）に（調味料）をつける
沾

0163
□

かざる
【飾る】

他I 擺設；裝飾

例 テーブルに花を飾りました。　在桌子上擺設了花。
例 帽子を花で飾ったら、きれいだと思います。

我覺得如果用花裝飾帽子會很好看。

0164
□

かじ
【火事】

名 火災
衍 じしん【地震】地震

例 火事だ。逃げろ。　火災，快逃！（緊急情況）

出題重點

▶文法　動詞命令形　　　　　　　　　　　→ 附錄「動詞變化表」

表示強行命令對方做某個動作，多出現於男性會話中。除了用於上對下的
命令之外，也常用於緊急情況下的對話、交通號誌說明，或是「～という
意味です」、「～と言っていました」等句型中引用的內容。

例 頑張れ。　加油。（為選手加油）
例 止まれ。　停車。（交通號誌）
例 早く食べろ。　快吃。（父親訓斥孩子）

災害

| 火災 | 台風 | 津波 | 洪水 |
| 火災 | 颱風 | 海嘯 | 洪水 |

0165
□

かす
【貸す】

他I 借出
反 かりる【借りる】借入；租借

例 ちょっとトイレを貸してもらえますか。　我能借一下廁所嗎？
例 友達に傘を貸してあげました。　我將傘借給朋友了。

▶文法　V－てあげる

用於與對方關係親近且地位相同時，表示基於好意為對方做某件事。

0166
□
ガス
【(荷) gas】
名 瓦斯
衍 ガスコンロ 瓦斯爐，煤氣爐

例 ガスの臭いがしたら、窓を開けてください。

如果聞到瓦斯味，請打開窗戶。

0167
□
かぞえる
【数える】
他Ⅱ 數
衍 かず【数】數字；數量

例 「かくれんぼ」という遊びは、1から100まで数を数えてから隠れた子を探す遊びです。

所謂的捉迷藏遊戲，是從1數到100後，找出躲藏的小朋友。

0168
□
ガソリン
【gasoline】
名 汽油
衍 ガソリンスタンド 加油站

例 最近ガソリンの値段が上がっています。　最近汽油的價格在上漲。

0169
□
〜かた
【〜方】
〜人（「ひと」尊敬語）

例 失礼ですが、日本の方でいらっしゃいますか。

不好意思，請問是日本人嗎？（飯店或百貨公司店員的禮貌用語）

▶詞意辨析　かた VS ほう

「方」有「かた」與「ほう」2種讀音。表示人或是方法時，發音為「かた」，

無法單獨使用，前方一定會接續修飾語，其他情況發音則為「ほう」。

例 駅はあっちの方にあります。　車站在那個方向。

例 コーヒーの方が好きです。　我比較喜歡咖啡。

例 行かない方がいいです。　最好不要去。

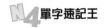

0170
☐ ～かた
【～方】

接尾 ～的方法
→ N5 單字

例 このおかずの作り方を教えてください。　請告訴我這個小菜的作法。

┌─ 出題重點 ─────────────────

▶文法　V－ます＋方　～的方法
食べ方　吃法／読み方　唸法／話し方　說法
遊び方　玩法／使い方　用法／やり方　做法

0171
☐ かたい
【硬い・固い】

い形 硬的
反 やわらかい【柔らかい】軟的

例 このステーキは硬すぎて、あまりおいしくないです。

這牛排太硬了，不太好吃。

0172
☐ かたち
【形】

名 形狀，樣子
衍 みため【見た目】外表，外觀

例 このおにぎりは形が悪かったので、もう１つ作ります。

因為這個飯糰的形狀不好看，要再做１個。

形狀

三角形　　　　　四角形　　　　　丸
三角形　　　　　四角形　　　　　圓形

0173
☐ かたづける
【片付ける】

他Ⅱ 整理，收拾
衍 かたづけ【片付け】整理，收拾

例 A：このへんの本、ちょっと片付けてもらえませんか。

　　能整理一下這邊的書嗎？

　　B：あ、すみません。すぐ片付けます。　啊！不好意思，我馬上整理。

0174 かちょう
【課長】

图 課長，科長
反 ぶちょう【部長】經理

例 課長、昨日はお疲れ様でした。何時にお帰りになりましたか。

課長昨天您辛苦了。請問您幾點回家？

出題重點

▶文法　おＶ－ます＋になる

用於向對方表示敬意，與被動動詞形式的敬語動詞相比，禮貌程度較高。

0175 かつ
【勝つ】
08

自Ⅰ 贏，獲勝
反 まける【負ける】輸

例 私たちのサッカーチームは試合に勝ちました。

我們的足球隊贏了比賽。

例 来月の試合で勝つために毎日練習しています。

為了在下個月的比賽獲勝，每天練習。

0176 がっき
【学期】

图 學期
衍 ぜんき【前期】上半期／こうき【後期】下半期

例 Ａ：今日は学校へ行かないんですか。　今天不用去學校嗎？
　　Ｂ：ええ，今学期はもう終わりましたから。　是的，因為這學期已經結束了。

出題重點

▶文法　～んですか

用於從看到、聽到的事進行推測，並向對方確認或尋求說明。有時包含說話者驚訝、質問的語氣，要注意使用時機。

0177 かっこいい

い形 （外觀、言行等）真帥；真棒
反 かっこわるい （言行、想法等）很遜；不好

例 彼は髪を長くしたら、前よりかっこよくなりました。

他留長頭髮後，變得比以前更帥了。

0178 □
かっこう
【格好】

名 裝扮；模樣，外型
衍 みため【見た目】外表，外觀

例 見て。かわいい格好をしたら、けっこう美人でしょう？

你看！好好裝扮的話，也很漂亮吧？

出題重點

▶文法 〜でしょう

用於徵求對方認同。如果對方地位較高，要使用「〜ですよね？」表示禮貌。

0179 □
カット
【cut】

名・他Ⅲ 剪髮
類 きる【切る】剪；切；關（電源等）

例 駅前の美容室はカットが上手ですから、いつもそこでカットしてもらいます。　因為車站前的美容院剪髮好看，所以我總是在那裡剪髮。

0180 □
かなしい
【悲しい】

い形 悲傷的
反 うれしい【嬉しい】高興的

例 悲しいストーリーの映画は嫌いです。楽しい話が好きです。

我討厭悲劇片，喜歡喜劇片。

0181 □
かならず
【必ず】

副 務必；一定
衍 きっと 一定（決心）；想必（推測）

例 バイクに乗るとき、必ずヘルメットを被らなければなりません。

騎機車時，務必要戴安全帽。

0182 □
かなり

副 相當

例 この試験はかなり難しいので、合格する人は毎年２０％しかいません。　因為這個考試相當難，所以合格的人每年只有20%。

出題重點

▶文法 數量詞／Ｎ＋しか〜ない

用於強調僅有的數量或是某件事物，沒有其他。

0183 かべ
□ 【壁】

名 牆壁

例 壁が薄すぎるので、隣の部屋からテレビの音が聞こえます。

因為牆壁太薄，所以能聽到隔壁房間傳來的電視聲。

0184 かまわない
□ 【構わない】

慣 沒關係
類 いいですよ 好啊

例 もし、座る席がなかったら、ここに座ってもかまいませんよ。

如果沒有座位，坐這沒關係。

> 出題重點

▶ **文法 V－てもかまわない**

表示許可，與「V－てもいい」相比說法更客氣。句末加上「よ」，語氣較為柔和。

0185 かみ
□ 【髪】

名 頭髮
類 かみのけ【髪の毛】頭髮

→ N5 單字

例 お祖母ちゃんは髪の毛をショートにしたいらしいよ。

外婆好像想把頭髮剪短。（家人間的對話）

> 出題重點

▶ **文法 らしい 好像**

表示說話者根據看到、聽到的訊息，當下做推測。與「ようだ」相比，較為客觀。

> 髮型

ショート
短髮

セミロング
中長髮

ロング
長髮

0186 かむ
□ 【噛む】

他I 咬；咀嚼
衒 ガム【gum】口香糖

例 彼は足を犬にかまれて歩けなくなりました。

他的腳被狗咬，無法走路了。

0187 がめん
□ 【画面】

名 畫面

例 このケータイは画面が大きいので、人気があります。

因為這支手機的畫面很大，所以很受歡迎。

0188 かよう
□ 【通う】

自I （人、車等）常態往返 → N5 單字

例 兄はバスで学校に通っています。　我哥哥是搭公車上學。

0189 ガラス
□ 【glass】

名 玻璃

例 窓ガラスが割れています。ゆうべの台風はひどかったようです。

窗戶玻璃破了。昨晚的颱風好像很強。

0190 からだ
□ 【体】

名 身體 → N5 單字

例 食べ過ぎると、体に良くないですよ。　如果吃過量，對身體不好。

身體

頭
頭

首
脖子

肩
肩膀

膝
膝蓋

0191 **かりる**
□ **【借りる】**

他Ⅱ 借入；租借 → N5 單字
反 かす【貸す】借出

例 友達に傘を借りました。　我向朋友借了傘。

例 ちょっとトイレを借りてもいいですか。　我可以借一下廁所嗎？

例 息子は会社の近くに部屋を借りています。

我兒子在公司附近租房。

出題重點

▶**詞意辨析　貸す VS 借りる**

「AはBに貸す」表示A借（出）給B。

「BはAに借りる」表示B向A借（入）。

▶**文法　BはAに貸してもらう　（A為借出者）**

用於B接受A的借出行為，含有請求A借出的意思。

（○）私は友達に傘を貸してもらいました。

　　　我請朋友將傘借給我。（朋友為借出者）

（✗）私は友達に傘を借りてもらいました。

　　　我請朋友向我借傘。（僅用於無論如何想把傘借給朋友時）

▶**文法　Aは私に貸してくれる　（A為借出者）**

用於A（為我）借出某物。

（○）友達は傘を貸してくれました。

　　　朋友將傘借給我。（朋友為借出者）

（✗）友達は傘を借りてくれました。

　　　朋友為我向我借傘。（僅用於無論如何想把傘借給朋友時）

租屋

部屋を借りる
租房

一戸建て
獨棟房子

家賃
租金

0192
かるい
【軽い】

い形 輕的
反 おもい【重い】重的

→ N5 單字

例 私の荷物と、あなたの荷物と、どちらが軽いですか。

我的行李和你的行李，哪一個比較輕？

0193
かれし
【彼氏】

名 男朋友；他
反 かのじょ【彼女】女朋友；她

例 高校生の娘に彼氏ができたようです。男の子と毎日電話しています。

我那高中生的女兒，好像交了男朋友。每天都和男孩子通話。

0194
かわく
【渇く】

自I 口渴
衍 からから 乾渴

→ N5 單字

例 A：のどが渇きませんか。　口渴了嗎？
　　B：もうからからに渇いていますよ。何か飲み物がほしいです。

　　我已經很渴了，想喝點什麼飲料。

0195
かわく
【乾く】

自I 乾
反 ぬれる【濡れる】濕

例 洗濯物が乾いても臭いのはなぜですか。

為什麼洗好的衣服即使乾了也是有味道呢？

0196
かわり
【代わり】

名 代替

例 私は行けませんので、代わりに行ってくれる人を探しています。

因為我沒辦法去，所以在找人代替我去。

0197
かわる
【変わる】

自I 變，改變

例 季節が変わると、気分も変わります。

季節變了，心情也會跟著改變。

0198 かんがえる
【考える】

他Ⅱ 思考，想 → N5 單字

簡 かんがえかた【考え方】想法

例 今、どのやり方が一番いいか考えています。

我現在在思考哪種做法最好。

0199 かんけい
【関係】

名 關係

例 私たちは、彼氏と彼女の関係です。　我們是男女朋友的關係。

例 この論文は私の専門に関係があります。　這篇論文和我的主修專業有關。

0200 かんたん（な）
【簡単（な）】

な形 簡單 → N5 單字

反 ふくざつ（な）【複雑（な）】複雜

例 文型の説明は簡単なら、簡単なほどいいです。

文法的解說越簡單越好。

出題重點

▶文法　な形＋なら、な形ーな＋ほど　越～越～

表示條件程度發生改變，敘述內容的程度或範圍隨之變化。

0201 かんぱい
【乾杯】

名・自Ⅲ 乾杯

例 さあ、みなさん、コップを持って乾杯しましょう。

那麼各位拿起杯子來乾杯吧！

0202 がんばる
【頑張る】

自Ⅰ 加油，努力 → N5 單字

例 A：お母さん、合格したよ。私、頑張ったでしょう？

媽媽，我合格了。我很努力了吧？

B：え、本当？すごいわ。　咦？真的嗎？好厲害喔！

き／キ

0203
☐
🔊
09

きかい
【機械】

名 機器

例 手作りケーキは機械で作ったものよりおいしいと思います。

我覺得手作蛋糕比機器製作的好吃。

0204
☐

きかい
【機会】

名 機會
類 チャンス【chance】機會，時機

例 機会があったら、また日本へ行きたいです。

如果有機會，我還想再去日本。

出題重點

▶**詞意辨析　機会 VS チャンス**

「機会」與「チャンス」皆表示機會，但「チャンス」發生的可能性極低，

而且有難能可貴、期盼的意思。

例 これは一生に一度のチャンスです。

這是一輩子一次的機會。

例 日本では自転車に乗る機会が多かったです。

在日本騎腳踏車的機會很多。

0205
☐

きかえる
【着替える】

他Ⅱ 換（衣服）
衍 こういしつ【更衣室】更衣室

例 もう遅いから、パジャマに着替えて寝ましょう。

因為已經很晚了，換上睡衣睡覺吧！

0206
☐

きがつく
【気がつく】

連語 發覺
類 きづく【気づく】發覺

例 朝家を出て、駅に着いたとき、財布を忘れたのに気がつきました。それで遅刻してしまったんです。

早上出門到了車站時，才發覺忘了帶錢包。因此，遲到了。

▶文法 〜んです

前方可接續「動詞」、「い形容詞」普通形，以及「名詞」、「な形容詞
語幹」加な。用於口語對話中，強調說明原因、理由。

0207
□ きけん（な）
【危険（な）】

名・な形 危險
反 あんぜん（な）【安全（な）】安全

例 あの看板には危険と書いてあります。　那個看板上寫著危險。

0208
□ きこえる
【聞こえる】

自II 聽得見
衍 みえる【見える】看得見

例 森に入ると、虫や鳥などの鳴き声が聞こえます。

　一進入森林，就聽得見蟲鳴、鳥叫。

出題重點

▶詞意辨析　聞こえる VS 聞ける

「聞こえる」表示聲音傳到耳中，「聞ける」則表示在某種狀況下能聽到。

例 YouTubeで好きな歌が聞けます。

　在 YouTube 網站上，能聽到喜歡的歌。

0209
□ きこく
【帰国】

名・自III 回國

例 スミスさんは留学先から帰国したばかりで、仕事を探しています。

　史密斯先生剛剛從留學的地方回國，在找工作。

出題重點

▶搶分關鍵　〜先　〜地點

表示目的地，前方除了接續「名詞」，還可以接續「動詞ます形」。
バイト先　打工地點／旅行先　旅行地點
行き先　目的地／引越し先　搬家地點

0210 **ぎじゅつ**
【技術】

名 技術，技巧

例 長島という選手は高い技術を持っています。

那位叫長島的選手有高超的技巧。

0211 **きそく**
【規則】

名 規定，規則

類 ルール【rule】規定

例 この学校には髪型についての規則がたくさんあります。

這間學校有許多對髮型的規定。

0212 **きちんと**

副 確實地；整齊地

類 ちゃんと 確實地；好好地

例 旅行に行く前に旅行先をガイドブックできちんと確認しておきました。

旅行前，先用旅遊指南確實地確認過旅遊目的地。

出題重點

▶詞意辨析　きちんと VS ちゃんと

「きちんと」表示收拾整齊，或是規矩、準確未出錯。「ちゃんと」則帶有行為舉止合宜的意思，用途廣泛。

（○）きちんと並んでください。　請排整齊。

（○）ちゃんと並んでください。　請排好。

（✕）あなたのプレゼントもきちんと買ってありますよ。

（○）あなたのプレゼントもちゃんと買ってありますよ。

　　　你的禮物也確實地買好了喔！

（○）ちゃんと授業に集中してください！

　　　請好好地專心上課！

0213 **きっと**

副 一定（決心）；想必（推測）

衍 かならず【必ず】一定；務必

例 いつかきっと夢が叶うと思います。　我覺得夢想總有一天一定會實現。

0214
☐ きびしい
【厳しい】

い形 嚴厲的，嚴格的
衍 こわい【怖い】害怕的；可怕的

例 厳しい先生よりも、やさしい先生に教えてほしいです。

比起嚴厲的老師，更想讓溫柔的老師教。

出題重點

▶文法　V－てほしい　希望

表示說話者希望他人做某件事情。

0215
☐ きぶん
【気分】

名 情緒；生理狀況

例 みんなに褒められて気分がいいです。

被大家讚美，心情很好。

例 気分が悪いなら、病院へ行ったほうがいいですよ。

不舒服的話，去醫院比較好喔！

0216
☐ きまる
【決まる】

自I 決定
衍 きめる【決める】決定

例 何を注文するか決まりましたか。

決定好要點什麼了嗎？

0217
☐ きもち
【気持ち】

名 心情，情緒

例 彼は試験で不合格だったそうです。私は彼の気持ちがよく分かります。

聽說他考試不及格。我很了解他的心情。

例 ふとんを干したので、気持ちがいいです。　曬過的棉被感覺很舒服。

▶**詞意辨析　気持ちが＋いい／悪い　VS　気分が＋いい／悪い**

「気持ちがいい」、「気持ちが悪い」用於皮膚感覺，「気分がいい」、「気分が悪い」則用於心理狀態。但是，感到噁心時，也可用「気分が悪い」表示。

例 蛇を見て気持ち悪いです。

　　看到蛇，不舒服。

例 シャワーが気持ちいいです。

　　淋浴很舒服。

例 嫌いな人に試合で勝って気分がいいです。

　　在比賽中贏了討厭的人，心情很好。

例 客に文句を言われて気分が悪いです。

　　被客人抱怨，心情很差。

0218
□
きもの
【着物】

名 和服
反 ようふく【洋服】西服

例 祖母が着ている着物はきれいです。

　　我祖母穿的和服很漂亮。（描述眼前的狀態）

0219
□
きゃく
【客】

名 顧客，客人
衍 かんこうきゃく【観光客】觀光客

例 バーゲン中のデパートは買い物客で込んでいました。

　　特賣中的百貨公司，擠滿了購物的顧客。

0220
□
キャッシュカード
【cash card】

名 提款卡
衍 あんしょうばんごう【暗証番号】密碼

例 キャッシュカードはお金を引き出すのに使います。　提款卡用於領錢。

▶**文法　Vの＋に　用來，為了**

用於敘述用途、評價以及必要性。

0221 キャンセル
【cancel】

名・他Ⅲ 取消

例 約束の日に予定をキャンセルすることを「ドタキャン」と言います。

在約定日取消預約行程稱為「放鴿子」。

0222 きゅう（な）
【急（な）】

な形 突然

彻 きゅうブレーキ【急ブレーキ】緊急煞車

例 今まで寝ていた赤ちゃんが急に泣き出しました。

一直在睡覺的嬰兒突然哭了。

0223 きゅうけい
【休憩】

名・自Ⅲ 休息

例 朝から3時間以上、仕事をしていますから、少し休憩しませんか。

從早上開始工作了3小時以上，要不要稍微休息一下呢？

0224 きゅうこう
【急行】

名 急行列車

彻 とっきゅう【特急】特快車

例 名古屋駅まで急行で20分かかります。

搭急行列車到名古屋車站，要花20分鐘。

0225 きゅうじつ
【休日】

名 假日，休假日

反 へいじつ【平日】平日

例 休日は買い物したり、旅行したりします。　假日我會購物、旅行。

出題重點

▶文法　～たり～たりする

用於列舉兩個以上的動作，並且暗示還有其他動作。

0226 きゅうりょう
【給料】

名 薪水

彻 きゅうりょうび【給料日】發薪日

例 初めてもらった給料でパソコンを買いました。

用初次拿到的薪水，買了電腦。

0227 ☐ きょういく
【教育】

名・他Ⅲ 教育

例 社長が新入社員の教育をしたがっていたので、お願いしました。

總經理想進行新進員工的教育訓練，所以就麻煩總經理了。（對其他人描述）

出題重點

▶文法　V－ます＋たがっている　想

表示第2、3人稱的希望。

0228 ☐ きょうかい
【教会】

名 教會；教堂
衍 じんじゃ【神社】神社

例 日曜日は教会に行く日です。　星期日是去教會的日子。

宗教

教会
教會；教堂

お寺
寺廟

0229 ☐ ～きょうしつ
【～教室】

接尾 ～班，～教室

例 学生時代から英会話教室に通っています。でもなかなか上手に

なりません。　從學生時代開始上英語會話班，但是怎麼也沒變好。

0230 ☐ きょうそう
【競争】

名・自Ⅲ 競賽，競爭
衍 しあい【試合】比賽／たいかい【大会】大會

例 どっちが早く終わるか競争しよう。　我們來比賽哪一邊比較快結束！

0231 ☐ きょうみ
【興味】

名 興趣
衍 しゅみ【趣味】興趣，休閒嗜好

例 私は日本語に興味があります。　我對日語有興趣。

▶固定用法　〜に興味がある　對〜有興趣

「興味」表示對事物感到好奇。
（×）私の興味はアニメです。
（○）私はアニメに興味があります。　我對動畫有興趣。

▶固定用法　趣味はVことだ　休閒嗜好是〜

「趣味」表示閒暇時的愛好。
例　私の趣味はピアノを弾くことです。　我的休閒嗜好是彈鋼琴。

0232
□　きょか
【許可】

名・他Ⅲ 許可

例 A：このお寺に入るには許可が要りますか。

進入這間寺廟要獲得許可嗎？
B：いいえ、料金を払えば誰でも入れますよ。

不用，付費的話誰都可以進入。

0233
□　きょく
【曲】

名 曲子
衍 うた【歌】歌

例 このアルバムの3番めの曲は、有名な映画に使われました。

這張專輯的第3首曲子被用在知名的電影。

0234
□　きる
【切る】

他Ⅰ 關（電源等）；切；剪　→ N5 單字

例 この機械は電源を切ると、いつも変な音がします。故障でしょうか。

這臺機器一關電源，總是發出奇怪的聲音。故障了嗎？

出題重點

▶文法　〜でしょうか

「だろうか」的禮貌說法。表示疑問，而非真的提問，用於間接地詢問對方。

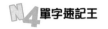

0235
□ きれる
【切れる】

〔自Ⅱ〕停電；用完；斷了

例 ケータイの電池が切れそうです。どこか充電できるところは
ありませんか。　手機看起來快沒電了。有沒有可以充電的地方？

┌─ 出題重點 ─┐

▶文法　Ｖーます＋そうだ　看起來

用於根據看到的訊息做推測，表示預感、預想或是自己的印象。
例 この本はページが破れそうです。　這本書的內頁看起來快破了。

0236
□ きをつける
【気をつける】

〔連語〕注意，小心
〔類〕ちゅうい【注意】注意；提醒，警告

例 気をつけていたのに、パスポートをなくしてしまいました。
明明已經很小心了，卻還是弄丟護照了。

0237
□ きんえん
【禁煙】

〔名・自Ⅲ〕禁菸

例 ここは禁煙ですよ。タバコは吸わないでください。
這裡禁菸喔！請勿吸菸。

0238
□ きんがく
【金額】

〔名〕金額
〔衍〕ねだん【値段】價位，價錢

例 サインする前に金額を確認してください。　簽名前請確認金額。

0239
□ きんじょ
【近所】

〔名〕附近；鄰居
〔類〕ちかく【近く】近處

例 あの人はうちの近所に住んでいます。　那個人住在我家附近。

0240
□ きんちょう
【緊張】

〔名・自Ⅲ〕緊張

例 スピーチの前に緊張しすぎて、気分が悪くなりました。
演講前太緊張，而感到不舒服。

く／ク

0241
□

10

~く
【~区】

| 名・接尾 | ～區，～地域 |
| 類 | ちいき【地域】地域 |

例 北区へ引っ越すつもりです。北区のほうが物価が安いですから。

我打算搬到北區，因為北區的物價比較便宜。

0242
□

ぐあい
【具合】

| 名 | （身體、機器）狀況 |
| 類 | ちょうし【調子】狀況；情況 |

例 今日は体の具合がよくないので、学校を休みます。

因為今天身體狀況不佳，所以要向學校請假。

0243
□

くうき
【空気】

| 名 | 空氣 |

例 掃除したら、部屋の空気がきれいになりました。

打掃之後，房間的空氣變清新了。

0244
□

くうこう
【空港】

| 名 | 機場 | ➜ N5 單字 |

例 A：明日空港まで送ってくれませんか。　明天能送我到機場嗎？
　　B：すみません、ちょっと。明日は重要な会議があるんです。

　　　不好意思，不太方便。明天有重要的會議。

0245
□

くさ
【草】

| 名 | 草 |

例 北海道では牛や馬が草を食べているのを見ることができます。

在北海道可以看到牛、馬在吃草。

出題重點

▶文法　Vことができる　能，可以

表示能力或可能性，與「動詞可能形」相比語氣較生硬，常用於正式場合，
或是書面用語。

0246
□

くさる
【腐る】

自I 腐壞

例 ピザソースは蓋を開けたら、冷蔵庫に入れないと腐りますよ。

披薩醬一旦開封了，不放入冰箱的話，就會腐壞。

0247
□

くださる
【下さる】

他I 給（我）（「くれる」尊敬語）
衍 ください 請

例 そちらの方が荷物を持ってくださいましたから、助かりました。

因為那邊那位先生幫我提行李，幫了大忙。

┌─ 出題重點 ─┐

▶文法　V－てくださる　幫我，為我
表示地位較高者為說話者做某件事。

▶文法　V－てくださいませんか　能請您～嗎？
表示禮貌請求。

例 ちょっと電話を貸してくださいませんか。　能請您借我電話嗎？

0248
□

くばる
【配る】

他I 發，分配

例 まず、プリントを配ってから、授業を始めます。

先發完講義，再開始上課。

0249
□

くび
【首】

名 脖子

例 首が痛くて寝られません。明日病院に行こうと思います。

脖子痛，無法睡覺。明天打算去醫院。

0250
□

くも
【雲】

名 雲
衍 くもり【曇り】陰天

例 今日は、雲が１つもない、いい天気です。　今天萬里無雲，天氣晴朗。

0251 くもる
【曇る】

自I 陰天
反 はれる【晴れる】放晴

例 急に曇ってきました。そして雨が降ってきました。

突然變陰天。然後，開始下雨了。

出題重點

▶文法　V－てくる　變得
表示過去到現在持續變化。

天氣

晴れ	曇り	晴れのち曇り	曇り時々雨	夕立
晴天	陰天	晴時多雲	陰偶有雨	午後雷陣雨

0252 くらべる
【比べる】

他II 比較

例 私は高校の頃と比べると、きれいになりました。

和高中時期一比，我變漂亮了。

0253 クリーニング
【cleaning】

名 洗衣服（多指乾洗）
衍 コインランドリー 自助洗衣店

例 この汚れはクリーニングに出しても取れません。

這樣的汙垢即使拿去乾洗，也無法去除。

0254 クレジットカード
【credit card】

名 信用卡
衍 キャッシュカード【cash card】提款卡

例 料金は全部クレジットカードで払えますか。

費用能全部用信用卡支付嗎？

0255 くれる

他Ⅱ 給（我、我方）
衍 もらう 收到，得到

例 母はいつも 私 にお菓子を<u>くれます</u>。　媽媽總是會給我點心。

出題重點

▶文法　くれる VS もらう

「くれる」表示他人給我或我方，「もらう」則表示從他人那裡得到。
例 いつも母にお菓子を<u>もらいます</u>。　我總是從媽媽那裡拿到點心。

0256 くれる
【暮れる】

自Ⅱ 天黑
反 あける【明ける】天亮

例 最近、日が暮れると、急に寒くなりますね。　最近天黑就會突然變冷。

0257 くわしい
【詳しい】

い形 詳細的

例 A：事故の原因は何ですか。　事故的原因是什麼？
　 B：詳しいことはわからないので、何とも言えません。

　　因為我不知道詳細的情形，所以無法說什麼。

0258 ～くん
【～君】

接尾 對同輩、晚輩或部下的稱謂
衍 ～さん ～先生；小姐

例 山田君も課長 に呼ばれた？　山田也被課長叫來了？

▌け／ケ

0259 け
【毛】

名 毛

11

例 毛が長い犬は、冬でも元気です。　長毛犬即使冬天也很有精神。

毛

眉毛	睫毛	髪の毛	髭
眉毛	睫毛	頭髮	鬍鬚

0260
けいかく
【計画】

名・他Ⅲ 計畫
類 よてい【予定】預定，計畫

例 あの大学では新しい学部を作る計画があります。

那所大學有設立新學院的計畫。

0261
けいけん
【経験】

名・他Ⅲ 經驗

例 アルバイト募集。経験のない人でもできる仕事です。

招募兼職人員。無經驗可。（廣告標語）

0262
けいざい
【経済】

名 經濟
衍 けいざいがく【経済学】經濟學

例 首相が変わってから、経済がだんだん良くなってきました。

首相換人後，經濟漸漸變好了。

0263
けいさつ
【警察】

名 警察
衍 けいかん【警官】警官

例 親は子供に「言うことを聞かないと警察に捕まるぞ」と言いました。

父母對小孩說：「如果不聽話，會被警察抓走喔！」

出題重點

▶固定用法　言うことを聞く　聽話

表示遵從、順從。

▶文法　「丁寧體／普通體」と言う　說

將說話內容直接放入「　」，表示直接引用。

0264
けいたいでんわ
【携帯電話】

名 手機　　　　　　　　→ N5 單字
類 ケータイ 手機 衍 スマホ 智慧型手機

例 映画館や電車などでは携帯電話をマナーモードにしておいてください。

在電影院或是電車等場所，請事先將手機設為靜音模式。

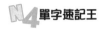

0265 ゲーム
【game】
名 電動玩具；遊戲

例 息子は昨日一晩中ゲームをしていました。
むすこ　きのうひとばんじゅう

我兒子昨晚打了一整晚的電動。

0266 けが
【怪我】
名・他Ⅲ 傷
衍 きず【傷】傷，損傷

例 A：どうしたんですか。元気がありませんね。　怎麼了？沒什麼精神。
げんき

B：膝をけがしてしまったんです。　膝蓋受傷了。
ひざ

0267 けしき
【景色】
名 景色

例 １０１の展望台から台北を見ると、とてもいい景色です。
いちまるいち　てんぼうだい　たいぺい　み　けしき

如果從 101 的展望臺看臺北，景色很漂亮。

0268 けしゴム
【消しゴム】
名 橡皮擦
衍 ゴム【(荷) gom】橡膠

例 クラスメートに消しゴムを貸してもらいました。
け　か

我從同學那裡借了橡皮擦。

文具

のり　　　　　セロテープ　　　　ホッチキス
膠水　　　　透明膠帶　　　　釘書機

インク　　　　カッター　　　定規　　　鉛筆削り
　　　　　　　　　　　　じょうぎ　えんぴつけず
墨水　　　　美工刀　　　尺　　　削鉛筆機

0269
□

けっこう
【結構】

副 相當；不用了；很好

→ N5 單字

例 小籠包はとても安いのに、けっこうおいしいです。

小籠包明明很便宜，卻相當好吃。

出題重點

▶詞意辨析　けっこう

表示超乎預期。用於讚美他人時，要謹慎使用。例如讚美他人「けっこう
かわいい」，帶有原本覺得不可愛的意思，反而會使對方不悅。

0270
□

けっして
【決して】

副 絕（不），絕（非）（後接否定）
類 かならず【必ず】務必；一定

例 危険ですから、このあたりを決して1人では歩かないでください。

因為危險，絕對不要單獨1人在這一帶走動。

出題重點

▶文法　決して＋V－ない　絕不

「決して」為正式用語，不會用於家人、朋友間的會話，而後方接續的否
定形，表示加強語氣或強烈的決心、意志。一般會話多使用「ぜったい～
ない」、「もちろん～ない」。

0271
□

けっせき
【欠席】

名・他Ⅲ 缺席；缺勤
反 しゅっせき【出席】出席

例 残念ですが、仕事があるので飲み会を欠席します。

很遺憾，因為有工作會缺席酒聚。

0272
□

～けれども・～け(れ)ど

接助・接續 ～但是，～可是

例 私は台北に住んでいますけれど、弟は台中に住んでいます。

我住在臺北，但是弟弟住在臺中。

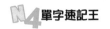

0273
☐
~けん
【~県】

接尾・名 ~縣
衍 とどうふけん【都道府県】都道府縣

例 日本には一都一道二府四十三県があります。

日本行政區劃為 1 都、1 道、2 府、43 縣。

0274
☐
~けん
【~軒】

接尾 （房屋）~棟，~間

例 鈴木さんは 2 軒目の家を買いました。　鈴木先生買了第 2 棟房子。

0275
☐
げんいん
【原因】

名 原因
類 りゆう【理由】理由

例 試合に負けた原因は何でしょうか。　請問輸掉比賽的原因為何？

出題重點

▶詞意辨析　原因 VS 理由

「原因」多用於思考負面的結果時，「理由」則適用於任何場合。

例 ダイエットに成功した理由は何だと思いますか。

　　你覺得減肥成功的理由是什麼？

0276
☐
けんか
【喧嘩】

名・自Ⅲ 打架；吵架
反 なかなおり【仲直り】和好

例 佐藤君とけんかして、けがをしてしまいました。　我和佐藤打架受傷了。

0277 けんきゅう
□ 【研究】
名・他Ⅲ 研究
関 けんきゅうしつ【研究室】研究室

例 大学院というのは研究を行うところです。勉強するところではあり

ません。　所謂的研究所是進行研究的地方，並不是學習的地方。

0278 けんこう（な）
□ 【健康（な）】
名・な形 健康

例 健康のために禁煙することにしました。　為了健康決定戒菸了。

0279 けんぶつ
□ 【見物】
名・他Ⅲ 觀賞，遊覽
関 けんがく【見学】見習

例 秋は軽井沢に行って、お祭りを見物しました。

秋天到輕井澤觀賞祭典了。

┌─ 出題重點 ─
│ ▸詞意辨析　見物 VS 見学
│ 「見物」表示觀賞某物，「見学」則為觀看學習。
│ 例 明日の修学旅行は工場を見学します。　明天的校外教學是見習工廠。
└─

こ／コ

0280 ご〜
□ 【御〜】
🔊
12
接頭 表示尊敬、禮貌

例 A：ご注文は何にしましょうか。　您要點什麼呢？

　　B：コーヒーをお願いします。　請給我咖啡。

┌─ 出題重點 ─
│ ▸文法辨析　お VS ご
│ 表示對對方的敬意、禮貌。
│ お＋和語：お名前　您的大名／お金　錢
│ ご＋漢語：ご注文　點餐／ご家族　家人
│ 例外：お電話　電話／お食事　用餐
│ 例 こちらにお名前をお願いします。　請在這裡簽名。
└─

89

0281
こい
【濃い】

い形 （味道）濃的；（顏色）深的
反 うすい【薄い】（味道）淡的；（顏色）淺的；薄的

例 寝る前に濃いお茶を飲まないほうがいいです。　睡前不要喝濃茶比較好。

0282
こう

副 這樣
類 このように 像這樣

例 A：土屋さん、手で丸を作ってください。　土屋小姐，請用手比出圓形。
　　B：え？こうですか。　咦？這樣嗎？（因為模稜兩可的請求猶豫。）

0283
こういう

連體 這樣的，這種

例 A：日本ではラーメンはこういう食べ方をしてください。
　　在日本拉麵請用這樣的吃法。
　　B：音を出して食べるんですね。　吃出聲音對吧！

0284
こうがい
【郊外】

名 郊外，郊區
衍 いなか【田舎】鄉下；故鄉

例 東京の郊外に家を買いました。　在東京郊外買了房子。

0285
ごうかく
【合格】

名・自Ⅲ 通過（考試），合格

例 試験に合格するまでがんばって勉強します。
　　努力念書，直到通過考試。

0286
こうき
【後期】

名 後期，下半期
反 ぜんき【前期】前期，上半期

例 大学の1年間の授業は「前期」と「後期」の2つの学期に分けて
　　行われます。　大學1年的課程，分為前期和後期，2個學期進行。

0287
こうぎ
【講義】

名・他Ⅲ 課，講課
類 じゅぎょう【授業】課，課程

例 午後から阿部先生の講義に出席します。
　　下午開始我會出席阿部老師的課。

0288 こうこう 【高校】

名 高中 → N5 単字

街 こうこうせい【高校生】高中生

例 高校の時、バスで学校に通っていました。 高中時，搭公車上學。

學生

しょうがくせい
小学生
小學生

ちゅうがくせい
中学生
國中生

こうこうせい
高校生
高中生

だいがくせい
大学生
大學生

0289 こうじ 【工事】

名・自Ⅲ 施工

例 この先工事中。ご迷惑をおかけします。

前方施工中。很抱歉造成您的困擾。（告示標語）

0290 こうじょう 【工場】

名 工廠

街 こうぎょう【工業】工業

例 この県には大きな工場がいくつもあります。 這個縣有好幾間大工廠。

0291 こうちょう 【校長】

名 校長

街 がくちょう【学長】大學校長

例 この小学校の校長は毎日元気に子供を迎えます。

這間小學的校長每天精神奕奕地迎接小朋友。

0292 こうつう 【交通】

名 交通 → N5 単字

街 こうつうじこ【交通事故】交通事故

例 東京は郊外より交通が便利です。 東京比郊外交通更方便。

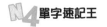

0293
□
こうりゅう
【交流】
名・自Ⅲ 交流

例 日本に 留 学したら、いろいろな国の人と 交 流 したいです。

如果到日本留學的話，想與各國的人交流。

0294
□
コーヒー
【coffee】
名 咖啡 　　　　　　　　　　　　→ N5 單字
衍 コーヒーまめ【コーヒー豆】咖啡豆

例 コーヒーはコーヒー 豆 から 作 られます。　咖啡是由咖啡豆製作而成。

咖啡

アメリカン	エスプレッソ	ラテ	カプチーノ
美式咖啡	濃縮咖啡	拿鐵	卡布奇諾

0295
□
こおり
【氷】
名 冰，冰塊
衍 かきごおり【かき氷】剉冰

例 タピオカミルクティーには 氷 を入れないでください。

珍珠奶茶請勿放入冰塊。

0296
□
こおる
【凍る】
自Ⅰ 結冰

例 冬 になると諏訪湖の 水 は 凍 ってきます。

一到冬天，諏訪湖的湖水就會結冰。

0297
□
こくさい～
【国際～】
接頭 國際～
衍 こくさいか【国際化】國際化

例 アプリの 無 料 通話を 国際電話の 代 わりに 使 う 人 も 多 いと 思 います。

我認為也有很多人使用應用程式的免費通話，代替國際電話。

> **文法　Nの代わりに～　代替**

表示由某物或某人代替。

0298
こくない
【国内】

名 國內
衍 こくないりょこう【国内旅行】國內旅遊

例 国内旅行はインターネットで予約できます。

國內旅遊可以線上預約。

0299
こくばん
【黒板】

名 黑板
衍 ホワイトボード【white board】白板

例 A：黒板を消してもいいですか。　可以擦黑板了嗎？

B：すみません。ちょっと待ってください。　不好意思，請稍等一下。

0300
こころ
【心】

名 內心
衍 こころから【心から】由衷，衷心

例 応援してくれた皆さんに心から感謝します。　由衷感謝各位的支持。

0301
ございます

補助・自Ⅰ 有；在（「ある」禮貌語）

例 その商品は、ございません。　沒有那件商品。

> **固定用法　ございます**

學生向老師、前輩道早安時會說「おはようございます」，道謝時則會說
「ありがとうございます」。如果省略「ございます」，僅說「おはよう」、
「ありがとう」，會對老師、前輩失禮。

例 お見舞いに来てくれてありがとうございます。　很感謝您來探病。

0302
こし
【腰】

名 腰
衍 ひざ【膝】膝蓋

例 腰が痛くて、ベッドから起きられません。　腰痛，無法從床上起身。

0303 こしょう
□ 【故障】

名・自Ⅲ 故障
衍 しゅうり【修理】修理

例 車が故障して動かなくなりました。 車子故障動不了。

0304 ごぞんじ
□ 【ご存じ】

名 知道（「知っている」尊敬語）
衍 ぞんじます【存じます】［謙］知道

例 A：あの方のお名前をご存じですか。 您知道那位先生的名字嗎？
B：はい、存じております。 是的，我知道。
C：いいえ、存じません。 不，我不知道。

┌─ 出題重點 ─┐

▶固定用法 存じております／存じません

謙讓語「存じます」無法直接使用，表示知道為「存じております」，不
知道則為「存んじません」。丁寧語的知道用「知っています」表示，不
知道則為「知りません」。

0305 こたえ
□ 【答え】

名 答案
衍 こたえる【答える】回答

例 人生の答えは自分で探さなければなりません。

人生的答案必須自己尋找。

0306 ごちそう
□ 【ご馳走】

名・他Ⅲ 佳餚；請客

例 テーブルにはごちそうがたくさん並んでいます。 桌上擺著許多佳餚。
例 今度ご飯をごちそうさせてください。 下次請讓我請客。

┌─ 出題重點 ─┐

▶文法 Ｖ－ない＋（さ）せてください 請讓我～

表示請求許可，常與「ください」、「いただけますか」一同使用。

▶固定用法 ごちそうさまでした 我吃飽了，謝謝招待

與「ごちそうになります」意思相同，表示對食物、準備食物的人的禮貌。

除了用於用餐後，離開餐廳時也可對店員表示。

0307 こっち

□

代 這邊 → N5 單字

類 こちら 這邊 對 そっち 那邊／あっち 那邊

例 こっちへどうぞ。　這邊請。

0308 〜こと

□ 【〜事】

〜事情；〜狀況 → N5 單字

類 もの【物】東西；事物

例 このことは誰にも言わないでください。　這件事情請勿對任何人說。

0309 このあいだ

□ 【この間】

名・副 前幾天（口語為「こないだ」）

類 このまえ【この前】前幾天

例 この間貸した本、もう読みましたか。

前幾天借給你的書，已經看了嗎？

0310 このごろ

□ 【この頃】

13

名・副 最近，這些日子

類 さいきん【最近】最近

例 お子さんは、この頃何をしていますか。　您的孩子最近在做什麼呢？

例 この頃の天気は変ですね。全然雨が降りません。

最近的天氣很奇怪呢！完全沒下雨。

0311 こまかい

□ 【細かい】

い形 細小的；細微的

例 りんごを細かく切ってサラダに入れます。　將蘋果切小塊放入沙拉。

例 あの店員さんは細かいところまでチェックしてくれました。

那位店員連細微的地方都幫我確認了。

0312 こまる

□ 【困る】

自I 困擾，為難 → N5 單字

例 どこかで切符を落として困っています。

在某個地方掉了車票，感到很困擾。

0313 ごみ

□

名 垃圾

類 ごみばこ【ごみ箱】垃圾桶

例 ごみはごみ箱に捨てなければなりません。

垃圾必須丟到垃圾桶。

0314
こむ
【込む・混む】

自Ⅰ 擁擠
反 すく【空く】空 衍 まんいん【満員】客滿

例 道が込んでいるので遅くなるかもしれません。

因為路上在塞車，所以可能會遲到。

0315
こめ
【米】

名 稲米
衍 ごはん【ご飯】飯

例 ビーフンは米から作られます。 米粉是由米製作而成。

0316
ごらんになる
【ご覧になる】

他Ⅰ 看（「見る」尊敬語）

例 A：社長は映画をよくご覧になりますか。 總經理常看電影嗎？

B：いや、あんまり。でも、たまにテレビで見るけど。

不，不常看，但是偶爾會看電影臺。

0317
ころぶ
【転ぶ】

自Ⅰ 摔倒
衍 たおれる【倒れる】倒，倒下；倒塌

例 A：どうしたんですか。 怎麼了嗎？

B：階段で転んでけがをしてしまったんです。 我在樓梯間摔倒受傷了。

0318
こわい
【怖い】

い形 可怕的；害怕的
衍 あぶない【危ない】危險的

例 A：部長、あの映画、怖いらしいですよ。 經理，那部電影好像很可怕。

B：ああ、最近、よく聞くね。 啊！最近常常聽說。

0319
こわす
【壊す】

他Ⅰ 弄壞
反 なおす【直す】修理；修改

例 友達の大切な自転車を壊してしまいました。

我把朋友心愛的腳踏車弄壞了。

0320
こわれる
【壊れる】

自Ⅱ 毀損，壞了
反 なおる【直る】修理好

例 大きな地震でたくさんの家が壊れました。 由於大地震許多房子毀損了。

0321
☐ コンサート
【concert】

名 音樂會，演唱會
類 ライブ【live】演唱會；現場直播

例 A：昨日、音楽大学の学生のコンサートを聞きに行きました。

昨天去聽了音大學生的音樂會。

B：そうですか。よかったですか。　是喔，好聽嗎？

0322
☐ こんど
【今度】

名・副 下次；這次（表示重複發生的事）
類 つぎ【次】下次／こんかい【今回】這次

例 今度の試合は台湾が勝ちそうです。　下次的比賽臺灣看來會贏。

例 今度、飲みに行きませんか。　下次要不要去喝酒？

0323
☐ こんな

連體 這樣的

例 A：お昼ごはん、もう食べましたか。　午餐已經吃了嗎？

B：あっ、もうこんな時間ですか。　啊，已經是這個時間了啊！

0324
☐ こんなに

副 這麼（程度相當厲害）
衍 あんなに 那麼／そんなに 那麼

例 こんなに熱いお茶は飲めません。　我無法喝這麼燙的茶。

0325
☐ こんや
【今夜】

名・副 今晚
類 こんばん【今晚】今晚

例 今夜は星がきれいに見えます。　今晚的星星清楚地看得到。

時間

朝
早上

昼
中午

晚・夜
晚上

さ／サ

0326
☐
🔊
14

サービス
【service】

名・自他Ⅲ 服務；招待，贈送，奉獻
彻 せわ【世話】照顧

例 あの店はサービスがとてもいいので、人気があります。

因為那間店的服務非常好，所以很受歡迎。

0327
☐

さいご
【最後】

名 最後
類 おわり【終わり】結束

例 テストの最後の問題ができませんでした。　我不會測驗的最後1題。

例 まず、野菜を細かく切ります。…最後に塩を入れます。これで、でき上

がりです。　首先將蔬菜細切，⋯⋯最後加入鹽。這樣就完成了。

0328
☐

さいしょ
【最初】

名 最初，一開始
類 はじめ【始め】開始

例 日本語能力試験は12月最初の日曜日に行われます。

日語能力檢定是在12月的第1個星期日舉行。

例 世界で最初にインスタントラーメンを発明したのは台湾人でした。

世界上最初發明泡麵的是臺灣人。

0329
☐

ざいりょう
【材料】

名 材料

例 今晩の料理はなべにしようよ。スーパーへ行ってなべの材料を買って

きてくれない？

今晚的料理就決定是火鍋吧！能幫我去超市買火鍋材料嗎？（朋友間對話）

0330
☐

さか
【坂】

名 斜坡，坡道

例 バスがゆっくり坂を上ってきました。

公車緩緩開上斜坡。

┌─ 出題重點 ─┐

▶文法　Ｖーてくる　過來

「移動動詞て形」接續「くる」，表示遠方的人或物朝說話者靠近。

坂道

<ruby>上<rt>のぼ</rt></ruby>り<ruby>坂<rt>ざか</rt></ruby>
上坡

<ruby>下<rt>くだ</rt></ruby>り<ruby>坂<rt>ざか</rt></ruby>
下坡

0331
□ さがす
【探す・捜す】

| 他 I | 尋找；搜尋 | → N5 單字 |

類 みつける【見つける】找，尋找

例 <ruby>日本<rt>にほん</rt></ruby>の<ruby>大学生<rt>だいがくせい</rt></ruby>は<ruby>卒業<rt>そつぎょう</rt></ruby>する<ruby>前<rt>まえ</rt></ruby>に、<ruby>仕事<rt>しごと</rt></ruby>を<ruby>探<rt>さが</rt></ruby>します。

日本的大學生在畢業前會先找工作。

出題重點

▶詞意辨析 探す VS 見つける

「探す」用於還在尋找當中，「見つける」用於已經找到。

例 6<ruby>ヶ月<rt>かげつ</rt></ruby><ruby>仕事<rt>しごと</rt></ruby>を<ruby>探<rt>さが</rt></ruby>して、やっと<ruby>仕事<rt>しごと</rt></ruby>を<ruby>見<rt>み</rt></ruby>つけました。

找工作找了6個月，終於找到工作了。

0332
□ さがる
【下がる】

| 自 I | 下降 |

反 あがる【上がる】上升；上漲

例 もう<ruby>少<rt>すこ</rt></ruby>し、<ruby>値段<rt>ねだん</rt></ruby>が<ruby>下<rt>さ</rt></ruby>がるまで<ruby>待<rt>ま</rt></ruby>ちます。　再看一陣子等它降價。

0333
□ さかん（な）
【盛ん（な）】

| な形 | 盛行 |

例 <ruby>台湾<rt>たいわん</rt></ruby>では<ruby>最近<rt>さいきん</rt></ruby>ジョギングが<ruby>盛<rt>さか</rt></ruby>んです。　臺灣最近盛行路跑。

0334
□ さきに
【先に】

| 副 | 先，首先 |

類 まず【先ず】首先

例 A：<ruby>友達<rt>ともだち</rt></ruby>のうちに<ruby>遊<rt>あそ</rt></ruby>びに<ruby>行<rt>い</rt></ruby>ってきます！　我要去朋友家玩！（母子間對話）
　　B：<ruby>先<rt>さき</rt></ruby>に<ruby>宿題<rt>しゅくだい</rt></ruby>をしてから、<ruby>遊<rt>あそ</rt></ruby>びにいきなさい。　先做完作業，再去玩。

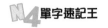

┌─ 出題重點 ─┐

▶ 文法　V－ます＋なさい

表示命令或指示。經常用於老師對學生說話時，或是父母對孩子說話時，

但對於地位較高的人不能使用。

例 もう９時だよ。起きなさい。　　已經９點了，起床吧！

0335
☐

さげる
【下げる】

他Ⅱ 降低

反 あげる【上げる】抬高，舉起；提高

例 エアコンは部屋の温度を下げるのに使います。

冷氣是用來降低房間的溫度。

0336
☐

さしあげる
【差し上げる】

他Ⅱ 給（「あげる」謙讓語）

衍 あげる 給

例 Ａ：このチケット、もらってもいいですか。　這些票可以給我嗎？

　　Ｂ：はい、どうぞ。皆さんに差し上げています。

　　　　好的，請拿。這是要給大家的。

┌─ 出題重點 ─┐

▶ 詞意辨析　差し上げる　給

雖然是謙讓語，但帶有給對方好處的意思，在使用上要非常謹慎。

0337
☐

さそう
【誘う】

他Ⅰ 邀請，邀約

例 Ａ：クリスマスの予定は空いてる？　聖誕節有空嗎？（朋友間對話）

　　Ｂ：その日はデートに誘われているの。ごめんなさい。

　　　　那天被邀約了，抱歉。

0338
☐

さつ・おさつ
【札・お札】

名 鈔票

衍 〜えんだま【〜円玉】〜日圓硬幣

例 財布の中にお札しかありません。１万円札で払ってもいいですか。

錢包裡面只有紙鈔，可以用１萬日圓鈔票付款嗎？

0339
☐ さっか
【作家】

名 作家

衍 さくひん【作品】作品

例 これは有名な作家の作品ですが、まだ読んだことがありません。

這是名家的作品，但是我還沒有看過。

0340
☐ さびしい
【寂しい】

い形 寂寞的 → N5 單字

衍 かなしい【悲しい】悲傷的

例 1人で暮らしても寂しくないと思います。

我覺得即使1個人生活，也不會寂寞。

0341
☐ 〜さま
【〜様】

接尾 〜先生；〜女士（「さん」尊敬語）

衍 〜さん 〜先生；〜小姐

例 お客様、少々お待ちください。　這位貴賓，請稍候片刻。

0342
☐ さめる
【冷める】

自II 涼掉，變涼

反 あたたまる【温まる】轉暖，變暖

例 ピザは冷めるとおいしくないから、早く食べたほうがいいですよ。

因為披薩涼掉就不好吃了，所以最好快點吃喔！

0343
☐ さめる
【覚める】

自II 醒，清醒

反 ねむる【眠る】睡，睡眠

例 今朝は子供の泣く声で目が覚めました。

今天早上因為孩子的哭聲醒來。

0344
☐ さらいげつ
【再来月】

名・副 下下個月 → 附錄「時間副詞」

衍 らいげつ【来月】下個月

例 再来月部長はフランスへ出張することになっています。

下下個月經理計劃去法國出差。

出題重點

▶**文法　〜ことになっている**

前方接續「名詞」或是「動詞辭書形」，表示規定、約定、習慣進行某事，用於向他人說明規則、計畫。

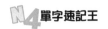

0345
□ さらいしゅう
【再来週】

名·副 下下星期　　　　　　　　→ 附錄「時間副詞」
衍 らいしゅう【来週】下星期

例 天気予報によると来週と再来週は寒くなるそうです。

根據天氣預報，聽說下星期以及下下星期會變冷。

0346
□ さらいねん
【再来年】

名·副 後年　　　　　　　　　　→ 附錄「時間副詞」
衍 らいねん【来年】明年

例 再来年大学を卒業します。　我後年從大學畢業。

0347
□ サラダ
【salad】

名 沙拉
衍 やさいサラダ【野菜サラダ】蔬菜沙拉

例 Ａ：サラダパスタは人気があるらしいですよ。

沙拉義大利麵好像很受歡迎。

Ｂ：ああ、最近、よく聞きますね。　啊！最近常常聽說。

0348
□ さわぐ
【騒ぐ】

自I 吵鬧，喧嘩
衍 うるさい 吵鬧的，煩人的

例 病院で騒がないでください。　在醫院請勿喧鬧。

0349
□ さわる
【触る】

自I 觸摸
類 タッチする 輕觸

例 美術館で展示品に触るなと言われました。

被告知美術館內禁止觸摸展品。

出題重點

▶文法　Vな　禁止

表示強烈禁止。一般女性不使用禁止形，使用者多為男性教師、上司、前輩等地位較高者，是較粗魯的說法。

例 入るな。　禁止進入。（標語）

例 遅れるな。　別遲到。（父親對小孩的警告）

0350
□ <u>さんぎょう</u>
【産業】

名 産業
衍 しょくぎょう【職業】職業

例 ブラジルではどんな<ruby>産業<rt>さんぎょう</rt></ruby>が<ruby>盛<rt>さか</rt></ruby>んですか。　巴西盛行哪些產業？

産業

<ruby>農業<rt>のうぎょう</rt></ruby>
農業

<ruby>工業<rt>こうぎょう</rt></ruby>
工業

<ruby>商業<rt>しょうぎょう</rt></ruby>
商業

0351
□ <u>ざんぎょう</u>
【残業】

名・自Ⅲ 加班
衍 ざんぎょうだい【残業代】加班費

例 A：どうしたんですか。<ruby>調子<rt>ちょうし</rt></ruby>が<ruby>悪<rt>わる</rt></ruby>そうですね。

怎麼了？狀況看起來不太好啊！
B：<ruby>最近<rt>さいきん</rt></ruby>、よく<ruby>残業<rt>ざんぎょう</rt></ruby>しているんです。　最近常常加班。

出題重點

▶文法　い形－い＋そうだ　看起來

「そうだ」前方除接續「い形容詞」去い之外，可以接續「な形容詞」。

表示說話者根據眼前情況判斷，不可用於客觀事實，例如：「きれい」、「赤い」不可接續「そうだ」。

（✕）<ruby>彼女<rt>かのじょ</rt></ruby>の<ruby>服<rt>ふく</rt></ruby>は<ruby>赤<rt>あか</rt></ruby>そうです。

（○）<ruby>彼女<rt>かのじょ</rt></ruby>の<ruby>服<rt>ふく</rt></ruby>は<ruby>赤<rt>あか</rt></ruby>いです。　她的衣服是紅色的。

0352
□ <u>さんせい</u>
【賛成】

名・自Ⅲ 賛成
反 はんたい【反対】反對；相反

例 <ruby>同僚<rt>どうりょう</rt></ruby>の<ruby>意見<rt>いけん</rt></ruby>に<ruby>賛成<rt>さんせい</rt></ruby>するかどうか、<ruby>考<rt>かんが</rt></ruby>えています。

在考慮要不要贊成同事的意見。

0353 サンダル
　　　【sandal】

名 涼鞋
衛 ぞうり【草履】草鞋

例 エディさんは、夏も冬もサンダルをはいている。

艾迪先生不管夏天或冬天都穿著涼鞋。

鞋子

サンダル
涼鞋

スリッパ
室內拖鞋

ブーツ
靴子

長靴（ながぐつ）
雨靴

ヒール
高跟鞋

スニーカー
運動鞋

0354 ざんねん（な）
　　　【残念（な）】

な形 遺憾　　　　　　　　　　→ N5 單字
衛 がっかりする 失望

例 A：夏休みにヨーロッパ旅行へ行きませんか。

暑假要不要一起去歐洲旅遊？

B：すみません。夏休みは予定があるんです。いっしょに行けなくて
残念です。　不好意思，暑假有計畫了，很遺憾無法一起前往。

▍し／シ

0355 ～し
　　　【～市】

接尾・名 ～市
衛 ～けん【～県】～縣

🔊
15

例 人口が 100 万人以上の市は、東京以外に 11 あります。

人口 100 萬以上的都市，除了東京以外，還有 11 個城市。

0356
□ じ
【字】

图 字（包括漢字、假名、英文字母）
類 もじ【文字】字，文字

例 私の3歳の息子はまだ字が書けません。　我的3歲兒子還不會寫字。

0357
□ しあい
【試合】

名・自Ⅲ 比賽
衍 たいかい【大会】大會

例 今日はカナダのバンクーバーでテニスの試合があります。

今天在加拿大溫哥華有網球比賽。

出題重點

▶詞意辨析　試合 VS 大会

「試合」用於一對一競賽，「大会」則用於參加人數眾多的大型活動。

例 今年は大食い大会に参加しました。　今年參加了大胃王比賽。

0358
□ しあわせ（な）
【幸せ（な）】

名・な形 幸福

例 息子が大学に合格しました。これからは大好きな勉強ができて幸せだと思います。　兒子通過了大學考試，我覺得今後他可以學習自己最喜歡的事物，實在很幸福。

0359
□ しおからい
【塩辛い】

い形 鹹的（關西多簡稱「からい」）　➔ N5 單字
類 しょっぱい 鹹的

例 A：この漬物、塩辛くない？　這個醬菜你不覺得太鹹嗎？（關西腔）

B：うん、ちょっとしょっぱいね。　對，有點鹹啊！（關東腔）

0360
□ しおくり
【仕送り】

名・自Ⅲ 寄送生活費
衍 こづかい【小遣い】零用錢

例 就職してから、親に毎月3万元の仕送りをしています。

就業之後，每個月寄3萬元的生活費給父母。

0361
☐
~しかた
【~仕方】

名 ~方法，~辦法
類 やりかた【やり方】做法

例 仕事の仕方を変えたら、早く帰れるようになりました。

改變工作的方法後，就變得能早點回去了。

出題重點

▶文法　Vようになる　變得

表示能力、習慣、狀況的變化。

0362
☐
しかたがない
【仕方がない】

連語 沒辦法，莫可奈何
類 しょうがない 沒辦法，莫可奈何

例 もし失敗しても、初めてですから仕方がないです。

因為是第一次，即使失敗了也莫可奈何。

0363
☐
しかる
【叱る】

他I 責罵
衍 おこる【怒る】生氣，發怒

例 隣の奥さんは子供をよく叱ります。　隔壁的太太經常責罵小孩。

0364
☐
~しき
【~式】

接尾・名 ~典禮，~儀式
衍 そつぎょうしき【卒業式】畢業典禮

例 A：明日姉の結婚式があります。　明天舉行姊姊的婚禮。

B：そうですか。いい天気だといいですね。　這樣啊，希望是好天氣。

出題重點

▶文法　Nだといい＋な／（です）ね

表示期望，與「~たらいい」、「~ばいい」意思相同。

0365
☐
じきゅう
【時給】

名 時薪
衍 きゅうりょう【給料】薪水

例 A：時給が上がればいいなあ。　如果可以調高時薪就好了。

B：そうだね。　就是說啊！

0366 しけん
□ 【試験】

名・他Ⅲ 考試
類 テスト【test】測驗，考試

例 試験中は他の人と話してはいけません。

考試中不可以和其他人說話。

0367 じこ
□ 【事故】

名 事故

例 電車が事故で遅れたので、遅刻してしまいました。

電車由於事故延遲，所以我遲到了。

0368 じこくひょう
□ 【時刻表】

名 時刻表

例 今、電車は時刻表のとおりに走っています。

現在電車正按照時刻表正常行駛。

0369 じしょ
□ 【辞書】

名 字典

例 電子辞書を使えば、日本語の新聞が読めます。

如果使用電子辭典的話，就能夠閱讀日文報紙。

0370 じしん
□ 【地震】

名 地震
衍 つなみ【津波】海嘯

例 地震があったとき、津波が起こることがあります。

有時地震後會發生海嘯。

0371 じだい
□ 【時代】

名 時代
衍 じき【時期】時期

例 この写真を見ると、楽しかった学生時代を思い出します。

看到這張照片，就會想起開心的學生時代。

0372 したく
□ 【支度】

名・自Ⅲ 準備（飯菜、衣著儀容等生活瑣事）
類 ようい【用意】準備／じゅんび【準備】準備

例 すぐ出かけますから、急いで支度してください。

因為馬上要出門了，請快點準備。

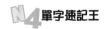
0373 しっかり
☐

| 副・自Ⅲ | 牢固地;可靠;好好地;緊緊地 |
| 衍 | ちゃんと 確實地;好好地 |

例 重いものを運ぶときは、落とさないようにしっかり持ってください。

搬運重物時,為了不弄掉請牢牢地拿好。

例 この家は安くてしっかりした家です。

這間房子便宜而且堅固。

例 彼女はしっかりした人なので、安心して仕事が頼めます。

因為她很可靠,所以能放心交付工作。

出題重點

▶固定用法　しっかりしている／しっかりした＋N

「しっかり」為副詞,常用「しっかりしている」、「しっかりした」表現,具形容詞功能,可修飾名詞。

0374 じつは
☐ 【実は】

| 副 | 其實,實際上 |

例 実は私の書いた小説が出版されることになりました。

其實我寫的小說決定要出版了。

出題重點

▶文法　～ことになる

表示形成的結果或是決定,與個人意志無關。

0375 しっぱい
☐ 【失敗】

| 名・自Ⅲ | 失敗 |
| 反 | せいこう【成功】成功 |

例 彼女は料理を作るのが好きですが、よく失敗します。

她喜歡做菜,但是經常失敗。

0376 しつれい(な)
☐ 【失礼(な)】

| な形・自Ⅲ | 抱歉;失禮 |

例 お名前を間違えてしまい、大変失礼しました。

非常抱歉把您的名字弄錯。

0377
□

じどうしゃ
【自動車】

名 汽車　　　　　　　　　　　　　　→ N5 單字
類 じてんしゃ【自転車】腳踏車

例 台北から高雄まで自動車で行くつもりです。　打算從臺北開車到高雄。

0378
□

じどうはんばいき
【自動販売機】

名 自動販賣機
類 じはんき【自販機】自動販賣機

例 店の前に自動販売機が 3 台置いてあります。

店鋪前面擺著 3 臺自動販賣機。

0379
□

しなもの
【品物】

名 商品；物品
類 しょうひん【商品】商品

例 ネットで買った品物をよくチェックしたら、大きな傷がありました。

仔細確認網購商品，發現有大瑕疵。

0380
□

しばらく
【暫く】

副 暫且，一陣子，不久
類 ちょっと 一會兒；一點

例 こちらでしばらくお待ちください。　請在這裡稍等一下。（店員用語）

0381
□

しま
【島】

名 島
反 たいりく【大陸】陸地

例 南太平洋には多くの美しい島があるそうです。

聽說南太平洋有許多美麗的島嶼。

0382 しまう □
他I 收拾，整理
衍 いれる【入れる】放入；打開（開關）；沖泡

例 今からテストを始めます。ノートや教科書をかばんの中にしまってください。　現在開始考試。請將筆記本、課本收到包包中。

0383 しみん【市民】 □
名 市民
衍 こくみん【国民】國民

例 新しい市役所を建てる前に市民に意見を聞きました。

在建新市公所之前，詢問市民的意見。

0384 じむしょ【事務所】 □
名 事務所，辦事處　→ N5 單字
衍 じむしつ【事務室】事務室

例 事務所の同僚は事故で亡くなってしまいました。

事務所的同事因事故去世了。

0385 しめきり【締切】 □
名 截止日期

16

例 締切に間に合うように毎日レポートを書いています。

為了趕上截止日期，每天寫報告。

0386 しゃかい【社会】 □
名 社會

例 社会の役に立つ仕事がいい仕事だと思います。

我認為對社會有益的工作是好的工作。

0387 しゃちょう【社長】 □
名 總經理；老闆
衍 かちょう【課長】課長／ぶちょう【部長】經理

例 社長は再来年退職して世界一周旅行に行くそうです。

聽說總經理後年退休後會去環球旅行。

0388 じゃま（な）【邪魔（な）】 □
名・な形・他III 妨礙，打擾

例 お兄さんの勉強を邪魔しないように、あっちへ行っていなさい。

別妨礙哥哥念書，去那邊。

▶文法　V／V－ない＋ように　勧告

「ように」後方經常接續「しなさい」、「してください」，用於勸告對方。

0389 □
ジャム
【jam】
图 果醬
衍 バター【butter】奶油

例 イチゴのジャムが好きです。　我喜歡草莓果醬。

0390 □
じゆう (な)
【自由 (な)】
名・形 自由
衍 やくそく【約束】約定

例 このキッチンは誰でも自由に使えます。

這間廚房任何人都可以自由使用。

0391 □
しゅうかん
【習慣】
图 習慣
衍 なれる【慣れる】習慣

例 日本人は昼寝の習慣がないそうです。　聽說日本人沒有午睡的習慣。

0392 □
じゅうしょ
【住所】
图 住址；住所

例 ここに書いてある住所は古い住所です。

這裡寫的住址是舊住址。

0393 □
しゅうでん
【終電】
图 末班車，最後一班電車
反 しはつ【始発】頭班車

例 終電に間に合うように早く仕事を終わらせます。

為了趕上末班車，要儘快完成工作。

0394 □
じゅうどう
【柔道】
图 柔道
衍 けんどう【剣道】劍道

例 私は小学生の頃から柔道をしています。　我從小學生時期開始練柔道。

0395 じゅうぶん（な）
【十分（な）】
副・な形 充分，足夠
反 たりない【足りない】不足

例 簡単な仕事なので、1日で十分できます。

因為這是簡單的工作，1天處理就夠了。

0396 しゅうまつ
【週末】
名・副 週末 → N5 單字
反 へいじつ【平日】平日

例 A：この週末はどうするんですか。　這週末要怎麼過？
B：私は友達と剣道をしようと思っています。　我打算和朋友練習劍道。

0397 じゅく
【塾】
名 補習班

例 子供を塾に通わせるのにお金がたくさんかかります。

讓小孩上補習班要花很多錢。

0398 しゅしょう
【首相】
名 首相
衡 せいじか【政治家】政治家

例 来月ドイツの首相が日本に来る予定です。

下個月德國首相計畫來日本。

0399 しゅじん
【主人】
名 老公，先生；老闆
類 おっと【夫】（自己的）老公，先生

例 A：山田先生いらっしゃいますか。　請問山田老師在嗎？
B：すみません。主人はいま出かけております。

不好意思，我先生現在外出。
例 あのパン屋のご主人はやさしそうでしたよ。

那間麵包店的老闆看起來很溫柔。

0400 しゅっせき
【出席】
名・自Ⅲ 出席
反 けっせき【欠席】缺席；缺勤

例 A：社長は会議に出席できると言っていた？　總經理說他能出席會議？
B：ちょっと遅れるって。　聽說會稍微晚到。

▶**文法 ～と言っていた 說**

在與朋友的對話中，會省略「言っていた」，只用「って」表示從他人那裡聽來的內容。

0401
☐
<u>しゅっぱつ</u>
【出発】

名・自Ⅲ 出發
衍 しゅっぱつロビー【出発ロビー】出境大廳

例 朝の10時半に台北を出発します。14時頃、関西空港に着きます。

早上10點半從臺北出發，下午2點左右抵達關西機場。

▶**文法 場所＋を＋自動詞**

與他動詞前方表示對象的「を」不同，此時的「を」表示離開。
バスを降りる 下公車／家を出る 離家出走／大学を卒業する 大學畢業

0402
☐
<u>しゅみ</u>
【趣味】

名 興趣，休閒嗜好
衍 きょうみ【興味】興趣

→ N5 單字

例 私の趣味は書道です。伝統文化に興味があるんです。

我的休閒嗜好是書法，對傳統文化有興趣。

0403
☐
<u>じゅんび</u>
【準備】

名・自他Ⅲ 準備
類 ようい【用意】準備

例 明日のパーティーはどんな準備をしなければなりませんか。

明天的派對必須要做什麼準備呢？

0404
☐
<u>しよう</u>
【使用】

名・他Ⅲ 使用
類 りよう【利用】使用，利用

例 このサインは使用禁止という意味です。 這個符號是禁止使用的意思。

0405
☐
<u>しょうかい</u>
【紹介】

名・他Ⅲ 介紹
衍 じこしょうかい【自己紹介】自我介紹

例 両親に彼女を紹介するつもりです。

我打算向父母親介紹女朋友。

0406 ☐ しょうがつ 【正月】
名 新年
衍 きゅうしょうがつ【旧正月】農曆新年

例 台湾では旧正月に、子供は親にお年玉をもらいます。

在臺灣農曆新年時，小孩會從父母那裡收到紅包。

新年

お年玉
紅包

初詣
年初參拜

門松
門松

鏡餅
鏡餅

0407 ☐ しょうがっこう 【小学校】
名 小學
→ N5 單字
衍 しょうがくせい【小学生】小學生

例 小学校から剣道を習っています。　我從小學開始學習劍道。

0408 ☐ しょうせつ 【小説】
名 小說
衍 しょうせつか【小説家】小說家

例 私は小説を読むのが好きで、歩きながら読むこともあります。

我喜歡看小說，有時也會邊走邊看小說。

0409 ☐ しょうたい 【招待】
名・他Ⅲ 邀請，招待
衍 しょうたいじょう【招待状】邀請函

例 友達の結婚式に招待してもらいました。　我受邀至朋友的婚禮。

0410 ☐ じょうだん 【冗談】
名 笑話；開玩笑

例 数学の先生は冗談を言うのが上手です。　數學老師擅長說笑話。

0411 ☐ しょうち 【承知】
名・他Ⅲ 知道，了解
衍 かしこまりました 了解

例 A：このメールを本社に送ってください。　請將這封信送到總公司。

　　B：はい、承知いたしました。　好的，我知道了。

0412
じょうほう
【情報】
名 資訊

例 この島についての情報を探しているのですが、なかなか見つかりません。

我在找關於這座島的資訊，但是不容易找到。

0413
しょうらい
【将来】
名·副 將來

類 これから 從現在起／みらい【未来】未來

例 将来アメリカで働こうと思っています。　將來我打算在美國工作。

0414
しょくじ
【食事】
名·自Ⅲ 吃飯，用餐　　→ N5 單字

關 しょくじかい【食事会】餐會

例 もうお昼になりました。食事にしましょう。

已經中午了，我們去吃飯吧。

0415
しょくりょうひん
【食料品】
17
名 食品，食材

類 しょくひん【食品】食品

例 このデパートの食料品売り場はいいですよ。安いし、きれいだし。

這間百貨公司的食品賣場很好，既便宜又乾淨。

0416
しょしんしゃ
【初心者】
名 初學者

反 けいけんしゃ【経験者】有經驗的人

例 初心者は経験があまりないので、うまくいかないことが多いです。

初學者因為不太有經驗，很多事進展不順。

0417
じょせい
【女性】
名 女性

反 だんせい【男性】男性

例 右から2番目の女性が社長です。　右邊第2位女性是總經理。

▶固定用法　女性・男性 VS 女・男

禮貌上會用「じょせい」、「おんなのひと」稱呼女性，「だんせい」稱呼男性。為避免失禮，而不用「おんな」與「おとこ」直接稱呼對方。

（×）駅前（えきまえ）で <u>女（おんな）</u> がティッシュを配っています。

　　車站前那個女人在發衛生紙。（失禮的說法）

0418
☐ しょ**るい**
【書類】

图 文件，資料

例 仕事（しごと）の 書類（しょるい）は全部（ぜんぶ）このファイルにまとめてあります。

工作文件全部整理在這個資料夾。

0419
☐ し**らせる**
【知らせる】

他Ⅱ 通知

類 おしえる【教える】告訴；教

例 再来週（さらいしゅう）の予定（よてい）が分（わ）かったら、すぐ 私（わたし）に 知（し）らせてほしいです。

如果知道下下星期的行程，希望立刻通知我。

0420
☐ しら**べる**
【調べる】

他Ⅱ 查詢；調查 → N5 單字

例 分（わ）からない単語（たんご）があれば、辞書（じしょ）を引（ひ）いて調（しら）べます。

如果有不懂的單字，就翻字典查詢。

0421
☐ し**りあう**
【知り合う】

自Ⅰ 認識，相識

衍 しりあい【知り合い】相識；認識的人

例 ご主人（しゅじん）とはどこで知（し）り合（あ）ったんですか。

請問您和您的先生是在哪裡認識？

0422
☐ し**んかんせん**
【新幹線】

图 新幹線

衍 でんしゃ【電車】電車

例 A：新幹線（しんかんせん）と飛行機（ひこうき）とどちらがいいでしょうか。

　　新幹線和飛機哪種比較好？

B：飛行機（ひこうき）のほうがいいと思（おも）いますよ。　我認為飛機比較好。

▸**文法　N1 と N2 とどちらが〜か　〜和〜哪種〜？**

用於詢問兩者相比要選擇哪一個時，直接用「N のほうが〜」回答。

0423
☐ <u>じんこう</u>
【人口】

名 人口

例 世界の人口が増えすぎて食べ物が足りなくなってきました。

世界人口增加過多，導致糧食不足了。

0424
☐ <u>じんじゃ</u>
【神社】

名 神社

類 てら【寺】寺廟／しろ【城】城

例 お正月は、いつも神社へ初詣に行きます。　新年總是去神社參拜。

0425
☐ しんじる
【信じる】

他Ⅱ 相信

例 彼女に私の話を信じてほしいです。　希望女朋友相信我的話。

0426
☐ しんせつ（な）
【親切（な）】

な形 親切的，好心的（不用於自己的親屬）

類 やさしい 親切的，溫柔的

例 親切な人に道を教えてもらいました。　善心人士幫我指路。

0427
☐ しんねん
【新年】

名 新年

例 新年、明けましておめでとうございます。　新年快樂。

▸**固定用法　よいお年を VS 明けましておめでとうございます　新年快樂**

前者「よいお年を」用於年末的祝福語，後者「明けましておめでとうございます」則用於年初的祝福語。

0428
□
しんぱい（な）
【心配（な）】

名・な形・自他Ⅲ 擔心
反 あんしん（な）【安心（な）】放心，安心

例 試験の結果が心配で、よく眠れませんでした。

擔心考試的結果，無法好好睡覺。

す／ス

0429
□
🔊
18

ず
【図】

名 圖
衍 ひょう【表】表格，表單

例 図の通りにケーブルをつながないと、音が出ません。

如果沒有按照圖示接好電線，就發不出聲音。

0430
□
すいえい
【水泳】

名 游泳
衍 およぐ【泳ぐ】游泳

例 再来月の水泳大会に出るつもりです。

我打算出賽下下個月的游泳大賽。

┌─ 出題重點 ─┐

▶固定用法　～に出る VS ～に参加する

「でる」常用於出席課堂、競賽或出演影視作品等，「さんかする」則用

於參與練習、祭典活動、志工活動等。

授業に出る　上課／試合に出る　出賽／ドラマに出る　出演電視劇
練習に参加する　參與練習／イベントに参加する　參與活動

0431
□
スイッチ
【switch】

名 開關
衍 いれる【入れる】打開（開關）；放入；泡

例 マイクのスイッチを切ってください。　請關掉麥克風的開關。

0432
□
すいどう
【水道】

名 自來水；自來水管
衍 すいどうだい【水道代】水費

例 皿を洗うとき、水道の水を出したままにしないでください。

洗碗盤時，請不要任水龍頭一直開著。

0433 すいはんき
【炊飯器】

名 電鍋

例 私は炊飯器がないので、なべでごはんを炊きます。

因為我沒有電鍋，所以用鍋子煮飯。

0434 ずいぶん
【随分】

副 相當，很
類 とても 非常

例 A：この写真のときは、ずいぶん痩せていたのね。　拍這張照片時很瘦啊！
　　B：あの頃が一番痩せていたよ。　那是我最瘦的時候。

0435 すうがく
【数学】

名 數學
衍 けいさん【計算】計算

例 A：あの数学の問題、難しかったでしょう。　那道數學題目很難吧？
　　B：ううん。そんなに難しくなかったよ。　不會，沒那麼困難喔！

0436 スーツ
【suit】

名 套裝；西裝
衍 ワイシャツ 襯衫

例 面接ではスーツを着たほうがいいです。　面試穿著套裝比較好。

0437 スーツケース
【suitcase】

名 行李箱
衍 にもつ【荷物】行李

例 観光客は空港にスーツケースを置いたまま帰国してしまいました。

觀光客將行李箱留在機場，直接回國了。

0438 スーパー
【supermarket】

名 超市
衍 うりば【売り場】賣場

→ N5 單字

例 商品も安いし、店員さんも親切だし、よくこのスーパーに来ます。

商品既便宜，店員又親切，所以我常常來這間超市。

出題重點

▶文法　〜し、〜し　既〜又〜

用於一件事附加兩個以上的原因、理由，因果關係較「ので」、「から」弱。

0439 スープ
□ 【soup】

名 湯（西式料理）
類 つゆ 湯汁；醬汁

例 母は晩ごはんに野菜スープを作ってくれました。

媽媽晚餐時為我做了蔬菜湯。

0440 スキー
□ 【ski】

名 滑雪
衍 スケート【skate】溜冰

例 今年の冬、スキーができるようになりました。 今年冬天我學會滑雪了。

0441 ～すぎる
□

接尾 太～

例 コピーの字が薄すぎて、読めません。 影印資料的字色太淡，無法閱讀。

0442 すぎる
□ 【過ぎる】

自II 移動通過；（期間）過去
衍 すごす【過ごす】度過（時光）

例 台風が過ぎたあとは晴れることが多いです。 颱風過後，大多會放晴。

0443 すく
□ 【空く】

自I 空
反 こむ【込む・混む】擁擠

→ N5 單字

例 道がすいていたので、早く着きました。 因為路上很空，所以提早抵達了。

飽足程度

お腹が空いた ・ お腹が減った ・ お腹がペコペコだ
餓了

お腹がいっぱいだ
吃飽了

0444 □ すぐ（に）

副 動不動就；馬上，立即 → N5 單字
衍 もうすぐ 快要，即將

例 あの人はすぐに怒りますから、あまり人気がありません。

那個人動不動就生氣，所以不太受歡迎。

例 今日はひどく疲れたので、帰ったら、すぐに寝ます。

因為今天很累，所以一回家就馬上睡了。

0445 □ スケート
【skate】

名 溜冰
衍 すべる【滑る】滑

例 最近はスケートの楽しさも少しわかるようになりました。

最近開始也稍微明白溜冰的樂趣了。

冬季運動

スキー
滑雪

スケート
溜冰

スノーボード
單板滑雪

0446 □ スケジュール
【schedule】

名 日程，行程
類 よてい【予定】預定，計畫

例 旅行のスケジュールを変えました。出発が1日早くなりました。

改變了旅行日程，提早1天出發。

0447 □ すごい
【凄い】

い形 厲害的（表示感嘆或佩服）
反 まあまあ 還可以

例 このケーキ、すごくおいしいよ。　這個蛋糕非常好吃喔。

例 昨日の試合はすごかったです。うちのチームが去年の優勝チームに

勝ったんです。　昨天的比賽很精采。我們隊伍贏了去年優勝的隊伍。

0448
□ すごす
【過ごす】

他I 度過（時光）
衍 すぎる【過ぎる】移動通過；（期間）過去

例 友達とおいしいものを食べて楽しい時間を過ごしました。

和朋友吃美食，度過了開心的時光。

0449
□ すっかり

副 完全，徹底
類 かんぜん（に）【完全（に）】完全

例 宿題があったのを、すっかり忘れていました。

我完全忘了有作業。（現在才想起）

0450
□ ずっと

副 一直；～得多，更～　　　　　　　　→ N5 單字

例 父は高校時代の初恋がずっと忘れられないようです。

爸爸好像一直無法忘懷高中時代的初戀。

0451
□ ステーキ
【steak】

名 牛排

例 ステーキのおいしい焼き方を説明していただけませんか。

可以請您說明美味牛排的煎法嗎？

0452
□ ストレス
【stress】

名 壓力

例 ストレスがたまったとき、私はよく山に登ります。きれいな景色を見ると、いやなことが忘れられますから。

我感到壓力時，經常爬山。因為一看到美麗的景色，就能忘記討厭的事。

0453
□ すな
【砂】

名 沙，砂
衍 いし【石】石頭

例 海岸を歩いたら、くつの中に砂が入ってしまいました。気持ち悪いです。

行經海邊鞋子就進沙了，感覺不舒服。

0454
すばらしい
【素晴らしい】
い形 很棒的，了不起的
類 すごい【凄い】厲害的

例 昨日のコンサートは素晴らしかったです。　昨天的演唱會很棒。

0455
スピーチ
【speech】
名 演講

例 大統領のスピーチを聞いて、涙が出ました。素晴らしいスピーチでした。

聽了總統的演講後流淚了。那是很棒的演講。

0456
すべる
【滑る】
自Ⅰ 滑
對 ころぶ【転ぶ】摔倒

例 雨が降ったので、道が滑りやすいです。　因為下過雨，路面非常滑。

出題重點

▶文法　V－ます＋やすい　非常；容易

表示事物的性質，或是動作容易進行。

0457
スマホ・スマートフォン
【smart phone】
名 智慧型手機
對 けいたいでんわ【携帯電話】手機

例 小学生にスマホは必要ですか。

對小學生來說，智慧型手機是必要的嗎？

0458
すみ
【隅・角】
名 角落（內部觀點）
對 かど【角】角落（外部觀點）

例 部屋の隅に本棚を置こうと思っています。　我打算將書架放在房間角落。

0459
すむ
【済む】
自Ⅰ 完成

例 宿題が済んでから、遊びに行くことにしています。

我習慣做完作業之後再去玩。

出題重點

▶文法　Vことにしている

表示以個人意志決定後形成的習慣或規矩，無法用於普遍性的禮儀、習慣。

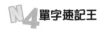

0460 すると 　　　　　接續 於是（表示接著發生）
□

例 レバーを回しました。すると、ドアが開きました。

轉動把手，於是門就打開了。

┌─ 出題重點 ─────────────────────────
│
│ ▶文法　すると、〜　於是
│
│ 表示一般的順接，也含有因果關係的意思，但是語氣較弱。後方不可接續
│ 命令、意志、希望等句子。
└────────────────────────────────

▶せ／セ

0461 〜せい 　　　　接尾 （國名）〜製造
□ 【〜製】 　　　衍 せいひん【製品】產品
🔊
19 　　例 このカメラは日本製です。　這臺相機是日本製。

0462 せいかく（な） 　　な形 （數據、內容等）準確
□ 【正確（な）】 　　衍 ただしい【正しい】正確的

例 正確な金額は覚えていませんが、鞄を直すのに１万円ぐらいかかりま
した。　我不記得確切的金額，但是修理皮包大約花了１萬日圓。

0463 せいかつ 　　　名・自Ⅲ 生活 　　　　　　→ N5 單字
□ 【生活】 　　　衍 いきる【生きる】過活；活著

例 郊外の生活は自然も多いし、静かだし、楽しいです。

郊外的生活自然環境多，又安靜，所以過得開心。

0464 せいきゅうしょ 　　名 帳單
□ 【請求書】 　　　反 りょうしゅうしょ【領収書】收據

例 携帯電話の請求書が来ました。先月より2000円高かったです。

手機帳單來了。比上個月多2000日圓。

0465 せいこう
☐ 【成功】

名・自Ⅲ 成功
反 しっぱい【失敗】失敗

例 新しいアプリのインストールに成功しました。

應用程式已成功安裝。（手機和電腦的訊息）

0466 せいじ
☐ 【政治】

名 政治
衍 せいじか【政治家】政治家

例 このごろの若い人は政治に興味がありません。

最近的年輕人對政治沒有興趣。

0467 せいせき
☐ 【成績】

名 成績
衍 てんすう【点数】分數

例 一生懸命がんばったので、去年よりも成績がずいぶん上がりました。

因為拼命努力了，成績也比去年進步許多。

0468 せいよう
☐ 【西洋】

名 西洋，西方
反 とうよう【東洋】東洋，東方

例 東洋の音楽より西洋の音楽のほうが好きです。

比起東洋音樂，我更喜歡西洋音樂。

┌─ 出題重點 ─┐

▸文法　N1 より N2 のほうが　與 N1 相比，N2 更
用於兩方相比一方程度較高時。

0469 せいり
☐ 【整理】

名・他Ⅲ 整理，收拾

例 本棚をきれいに整理しないと、本が全部入りません。

書架不整理整齊的話，書無法全部放入。

0470 せかい
☐ 【世界】

名 世界　→ N5 單字
衍 せかいじゅう【世界中】全世界

例 今、世界の人口は７０億人もいるそうです。

聽說現在世界人口多達 70 億人。

0471
□

せき
【席】

名 座位

類 シート【seat】座位

例 あの、この席、空いていますか。　那個，請問這個座位是空著的嗎？

0472
□

せき
【咳】

名 咳嗽

例 咳が出ていますね。風邪を引いたんですか。　你在咳嗽呢！感冒了嗎？

0473
□

せきゆ
【石油】

名 石油

衍 ガソリン【gasoline】汽油

例 プラスチックは石油から作ります。　塑膠是由石油製成的。

0474
□

ぜったい（に）
【絶対（に）】

副 絕對

例 彼がタバコをやめるのは絶対に無理だと思います。

我覺得他絕對無法戒菸。

0475
□

セット
【set】

名・他Ⅲ 套餐；套組

衍 ていしょく【定食】定食

例 A：何を注文しますか。　要點什麼？

B：ハンバーガーとドリンクのセットが安いので、私はこのセットに

します。　因為漢堡和飲料的套餐很便宜，我要這個套餐。

0476
□

せつめい
【説明】

名・他Ⅲ 說明

衍 せつめいしょ【説明書】說明書

例 ケーキの作り方を簡単に説明してもらえませんか。

能請您簡單說明蛋糕的作法嗎？

0477
□

せなか
【背中】

名 後背，背部

反 おなか【お腹】肚子

例 腰から背中をまっすぐにして座ってください。　請挺直腰背坐正。

0478 ☐ せひ
【是非】

副 務必 → N5 單字

類 ぜったい（に）【絶対（に）】絕對

例 近くに来る機会があったら、ぜひ遊びに来てください。

如果有機會到附近來的話，請務必來玩。

＿＿出題重點＿＿

▶文法　ぜひ～てください　請務必

用於強調請求。如果是「ぜひ～てほしい」、「ぜひ～たい」，則用於強調願望。

0479 ☐ せわ
【世話】

名・他Ⅲ 照顧

例 主人は子供の世話をしてくれません。　我先生都不幫我照顧小孩。

例 あのお医者さんにはお世話になりました。　我承蒙那位醫生的照顧。

＿＿出題重點＿＿

▶固定用法　お世話になる　承蒙照顧

0480 ☐ せん
【線】

名 線

例 重要なところだけに線を引いてください。　請只在重要的地方畫線。

線

| ちょくせん
直 線
直線 | きょくせん
曲 線
曲線 | てんせん
点 線
虛線 |

0481 ☐ ぜんき
【前期】

名 前期，上半期

反 こうき【後期】後期，下半期

例 この授業は前期はスピーチの練習をします。後期は敬語の練習を

します。　這門課前期練習演講，後期練習敬語。

0482 □
ぜんしゅ
【選手】

名 選手

例 金メダルをとるために、選手たちは毎日一生懸命練習しています。

為了拿金牌，選手們每天拼命練習。

0483 □
ぜんぜん
【全然】

副 完全（後接否定） → N5 單字

例 試験が近いのに、息子は全然勉強しません。

考試明明就快到了，兒子卻完全不念書。

0484 □
せんそう
【戦争】

名・自Ⅲ 戦争
反 へいわ【平和】和平

例 もし戦争が起こったら、まず何をすればいいですか。

如果發生戰爭的話，首先做什麼好呢？

0485 □
せんたくき
【洗濯機】

名 洗衣機
衍 せんたくもの【洗濯物】要洗或洗好的衣物

例 このマークは洗濯機で洗うなという意味です。

這個標誌是禁止用洗衣機清洗的意思。

清潔用品

せんざい
洗剤
清潔劑

せっけん
石鹸
肥皂

タオル
毛巾

0486 □
せんぱい
【先輩】

名 前輩；學長姊
反 こうはい【後輩】後輩；學弟妹

例 会社に入ってから先輩にいろいろ教えてもらいました。

進入公司後，前輩教了我許多事情。

0487
□ せんもん
【専門】

[名] 專長；專業
[衍] せんもんがっこう【専門学校】專科學校

例 A：ご専門は何でしょうか。　請問您的專業是什麼？
　　B：日本学です。　日本學。

▼そ／ソ

0488
□
🔊
20
そういう～

[連體] 那樣的～，那種～
[類] そんな～ 那樣的～

例 A：じゃ、私が間違っていると言うの？　那你是說我弄錯了嗎？
　　B：いや、そういう意味じゃないよ。　不！我不是那樣的意思啦！

0489
□ そうしき
【葬式】

[名] 葬禮

例 日本でお葬式に出るとき、どんな格好をしたらいいですか。

在日本參加葬禮時，要穿什麼樣的服裝好呢？

┌─ 出題重點 ─┐

▶文法　～たらいいですか　～好呢？

用於徵求意見。

▶文法　V－たらどうですか　～如何呢？

用於表示意見、提議。

例 A：電車の中でケータイをとられてしまいました。誰に相談したら

いいですか。　手機在電車上被偷了，找誰商量好呢？
　　B：そうですね。大学の留学生事務室に相談したらどうですか。

嗯。和大學的留學生事務處商量如何呢？

0490
□ そうだん
【相談】

[名・他Ⅲ] 商量

例 仕事を決めるときは、父と母に相談しました。

我要決定工作時，和父母商量過。

0491
☐ ソース
【sauce】

名 醬汁
衍 しょうゆ【醬油】醬油

例 私 はコロッケにソースをかけないで食べます。　我吃可樂餅不淋醬。

0492
☐ そだてる
【育てる】

他Ⅱ 栽培，培育
衍 かう【飼う】飼養

例 大切に育てていた花がやっと咲きました。　用心栽培的花終於開了。

0493
☐ そつぎょう
【卒業】

名・自Ⅲ 畢業
反 にゅうがく【入学】入學

例 来年、高校を卒業したら、ヨーロッパに留学するつもりです。

我打算明年高中畢業後，去歐洲留學。

典禮

そつぎょうしき
卒業式
畢業典禮

にゅうがくしき
入学式
入學典禮

0494
☐ その〜

連體 那個〜　　　　　　　　　　　→ N5 單字
衍 あの〜 那個〜

例 A：台北駅に新しい居酒屋ができましたね。

在臺北車站那邊開了新的居酒屋。

B：そうですか。じゃ、その居酒屋に今度一緒に行きませんか。

這樣啊！那麼下次要不要一起去那間居酒屋？

出題重點

▶**文法　その VS あの　那個**

「その」用於對方知道但自己不知道的話題，或是自己知道但對方不知道的話題。「あの」則用於雙方都知道的話題。

例 A：昨日、隣に新しくできた店に行ってきました。

　　　昨天我去了隔壁新開的店。

　B：へえ、その店、何という名前ですか。

　　　咦？那間店名是？

　C：ああ、あの店、おいしいけど高いですね。

　　　啊！那間店好吃，但很貴。

0495 そのまま

□

名・副 保持原狀

例 A：窓を閉めてもいいですか。　可以關窗戶嗎？

　B：いいえ、そのままにしておいてください。　不用關，請先保持原狀。

0496 そふ【祖父】

□

名（自己的）祖父，外祖父　→ 附錄「家人」
類 おじいさん【お祖父】祖父，外祖父

例 写真を見て亡くなった祖父を思い出しました。

　看照片想起了過世的祖父。

0497 ソファー【sofa】

□

名 沙發
衍 いす【椅子】椅子

例 このソファーは新しそうですね。いつ買ったんですか。

　這張沙發看起來很新。什麼時候買的呢？

[家具]

か びん
花瓶
花瓶

カーテン
窗簾

ソファー
沙發

たな
棚
架子

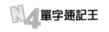

0498 □ ソフトウェア・ソフト【software】
　名 軟體
　類 アプリ【application software】應用程式

例 彼はコンピューターのソフトを作る仕事をしています。

他從事開發電腦軟體的工作。

0499 □ そぼ【祖母】
　名（自己的）祖母，外祖母　→ 附錄「家人」
　類 おばあさん【お祖母】祖母，外祖母

例 生まれてからずっと祖母と一緒に住んでいます。

從出生以後一直和我的祖母住在一起。

0500 □ それで
　接續 因此，所以
　類 だから 因此，所以

例 最近、日本の円が安いです。それで海外からの観光客がとても増えたんです。　最近日圓貶值。因此，海外觀光客大增。

出題重點

▶文法　それで　因此，所以

表示因果關係，或是一般的順接。後方不可接續表示依賴、命令、推斷、勸誘、意志、希望的句子。

0501 □ それとも
　接續 或是（用於疑問句）
　類 または 或是

例 何にしますか。お茶ですか、それともコーヒーですか。

要點什麼？茶，或是咖啡？

0502 □ それなら
　接續 那樣的話

例 A：歓迎会には部長もいらっしゃるそうです。　聽說歡迎會經理也會來。
　B：それなら私も行きたいです。　那樣的話我也想去。

出題重點

▶文法　それなら　那樣的話

用於接續對方的話。和朋友、親人說話時，常用「じゃ」、「それじゃ」。

0503 それに
☐

接續 而且，還有

例 この道は狭いです。それに、車が多くて危ないです。

這條路窄，而且車多，很危險！

0504 それほど
☐ 【それ程】

副 那麼（後接否定）
類 そんなに 那麼

例 今朝の試験はそれほど難しくなかったです。

今天早上的考試沒有那麼難。

0505 そろそろ
☐

副 差不多要，就要
類 もうすぐ 快要，即將

例 飛行機の時間が2時間後なので、そろそろ失礼いたします。

因為飛機起飛是2小時後，我差不多要告辭了。

0506 そんけい
☐ 【尊敬】

名・他Ⅲ 尊敬
衍 そんけいご【尊敬語】尊敬語

例 あなたが世界で一番尊敬している人は誰ですか。

世界上你最尊敬的人是誰？

0507 ぞんじます
☐ 【存じます】

他Ⅱ 知道（「知っている」謙讓語）
衍 ごぞんじ【ご存じ】[尊]知道

例 あの方の名前は存じておりますが、どのような方かはよく存じません。

雖然知道那個人的名字，卻不知道他是做什麼的。

0508 そんな
☐

連體 那樣的（離聽者較近）
類 そのような 那樣的

例 私もそんな指輪がほしいです。　我也想要那樣的戒指。

0509 そんなに
☐

副 那麼
類 それほど 那麼（後接否定）

例 A：ああ、うまい。　啊！真好喝。

B：ビールって、そんなにおいしいの？　啤酒那麼好喝嗎？

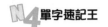

出題重點

▶詞意辨析　そんなに　那麼

標準用法在語意上帶有否定意味。例句中「そんなにおいしいの？」，隱含「沒那麼好喝吧！」的意思。

筆記區

▼た／タ

0510
□
🔊
21

〜だい
【代】

接尾 〜費
衍 すいどうだい【水道代】水費

例 この夏、電気代が上がることになっています。

今年夏天電費會調漲。

0511
□

たいいん
【退院】

名・自Ⅲ 出院
反 にゅういん【入院】住院

例 おかげさまで、父は昨日退院することができました。

託您的福，我父親昨天能出院了。

0512
□

ダイエット
【diet】

名・自Ⅲ 減肥
衍 やせる【痩せる】瘦

例 母は私にダイエットをさせました。　媽媽要我減肥。

> 出題重點
>
> ▶文法　N1 に N2 を V−[a]せる／させる　讓〜做　→ 附錄「動詞變化表」
> 表示指示另一人行動，另外還可以用於強制、命令、放任、許可，但是不
> 可以對地位較高的人使用。

0513
□

だいがくせい
【大学生】

名 大學生
衍 だいがくいんせい【大学院生】研究生

例　弟は今年、高校を卒業しましたが、大学生になれませんでした。

弟弟今年高中畢業了，卻無法成為大學生。

0514
□

だいきらい (な)
【大嫌い (な)】

な形 非常討厭
反 だいすき (な)【大好き (な)】非常喜歡

例　私は納豆が大嫌いです。もう食べたくないです。

我非常討厭納豆，再也不想吃了。

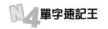

0515
☐

だいじ（な）
【大事（な）】

な形 重要；保重，珍惜
類 たいせつ（な）【大切（な】重要

例 大事な話があります。話しながら帰りましょう。

我有重要的話要說，回家路上說吧！

例 A：昨日から体の調子が悪いです。風邪かもしれません。

我從昨天開始身體就不舒服，或許是感冒了。

B：どうぞ、お大事に。 請多保重。

出題重點

▶固定用法　お大事に　請多保重（慰問病人的用語）

0516
☐

だいどころ
【台所】

名 廚房　　　　　　　　　→ N5 單字
類 キッチン【kitchen】廚房

例 母は台所でご飯を作っています。 媽媽在廚房做菜。

廚房用具

鍋（なべ）
鍋子

フライパン
平底鍋

包丁（ほうちょう）
菜刀

おたま
湯勺

まな板（いた）
砧板

0517 タイプ
□ 【type】

名 類型；理想型
類 かた【型】類型

例 Ａ：どんなタイプの部屋を探しているか教えていただけますか。

能告訴我您在找什麼類型的屋子嗎？（房仲與顧客的對話）

　Ｂ：友達と２人で住める部屋がいいです。

最好能和朋友2人一起住的屋子。

文化補充

▶房屋格局　LDK

在日本房屋格局常用 "LDK" 表示，"L" 是 "リビング" 客廳，"D" 是 "ダイニング" 飯廳，"K" 是 "キッチン" 廚房。例如："3LDK" 表示 3 間房間、1 間客廳、1 間廚房，"1DK" 則代表 1 間房間、1 間廚房。

0518 たいふう
□ 【台風】

名 颱風
衍 かみなり【雷】雷

例 雨が降り始めました。もうすぐ台風が来るようです。

開始下雨了，颱風好像快要來了。

0519 たいへん（な）
□ 【大変（な）】

な形・副 辛苦；非常，很　　→ N5 單字
反 らく（な）【楽（な）】輕鬆

例 荷物が重くて、駅まで歩くのは大変です。

行李很重，要走到車站很累。

0520 たおす
□ 【倒す】

他I 放倒，推倒
衍 たおれる【倒れる】倒，倒下；倒塌

例 座りやすいようにシートを倒します。　為了好坐，將椅背放倒。

0521 タオル
□ 【towel】

名 毛巾
衍 バスタオル【bath towel】浴巾

例 このタオルは古そうです。嫌なにおいがします。

這條毛巾看起來舊了，有怪味道。

0522
☐ たおれる
【倒れる】

自Ⅱ 倒，倒下；倒塌
衍 ころぶ【転ぶ】摔倒

例 強い風で道の木が倒れそうです。　因為強風，行道樹快倒了。

0523
☐ たかさ
【高さ】

名 高度
衍 しんちょう【身長】（人的）身高

例 庭の桜の木の高さは３メートルぐらいです。　庭院的櫻花樹高約３公尺。

0524
☐ だから

接續 因此，所以
類 それで 因此，所以

例 A：午後から雨になるそうですね。　聽說下午開始會下雨。
　　B：だから、私は傘を持ってきました。　因此，我帶傘來了。

0525
☐ たしか
【確か】

副 似乎是，大概是
衍 たぶん 大概，也許

例 車のかぎは確かここに置いたと思います。でも、今はありません。
　　我想車鑰匙大概是放在這裡了。但是，現在卻沒有。

0526
☐ たす
【足す】

他Ⅰ 加，增補

例 お湯に水を足して温度を下げます。　將水加入熱水中降溫。
例 １足す１は２です。　１加１等於２。

運算符號

AにBを足す
A加B

AからBを引く
A減B

AにBを掛ける
A乘B

AをBで割る
A除以B

0527 □

だす
【出す】

他Ⅰ 拿出；讓～出去；扔，倒　→ N5 單字
衍 ねつをだす【熱を出す】發燒

例 先生は今日、宿題をたくさん出しました。　老師今天出了很多作業。

例 犬を外に出さないでください。　請不要讓狗出去外面。

例 彼女はメールを読んで、急に泣き出しました。

她看了信件後，忽然哭起來了。

> 出題重點

▶ **文法　Ｖ－ます＋出す**

表示動作、作用無預警開始。

0528 □

たすける
【助ける】

他Ⅱ 救助；幫助
類 てつだう【手伝う】幫忙

例 交通事故にあった犬を助けて病院に運んだのはあの人です。

救了出車禍的狗，送到醫院的是那個人。

0529 □

たずねる
【訪ねる】

他Ⅱ 造訪，探訪
衍 うかがう【伺う】拜訪，聽；尋找

例 友人がバイトしている店を一度訪ねたいと思っています。

我一直想去造訪一次看看朋友打工的那間店。

0530 □

たずねる
【尋ねる】

他Ⅱ 詢問
類 きく【聞く】詢問；聽

例 駅員に道を尋ねたけれど、よく分かりませんでした。

向站務員問路了，卻還是搞不清楚。

0531 □

たたみ
【畳】

名 榻榻米
衍 ～じょう【～畳】～塊，～疊

例 夏はたたみの部屋で涼しく過ごしたいです。

夏天想在榻榻米的房間中，涼爽地度過。

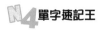
0532 □ たつ
【建つ】
自I 建，蓋
類 できる 建好；製成；能夠，會，可以
例 駅の前に 新 しいビルが建ちました。　車站前蓋了新大樓。

0533 □ たつ
【立つ】
自I 站立　　　　　　　　　→ N5 單字
反 すわる【座る】坐
例 おまわりさんがあそこに立っています。あの人に道を聞きましょう。
警察先生站在那邊。向他問路吧！

0534 □ たてる
【建てる】
他II 建，蓋
衍 たてもの【建物】建築物，房屋
例 郊外に自分の家を建てたいです。　我想在郊外蓋自己的房子。

0535 □ たてる
【立てる】
他II 立起
例 本を立てて 並べてください。　請把書立起來排好。

0536 □ たとえば
【例えば】
副 例如
例 この街ではいろいろなところでフリー Wi-Fi が使えます。例えば、バス停やコンビニなどです。　在這條街上許多地方都可以使用免費的 Wi-Fi，例如公車站或是便利商店等等。

0537 □ たな
【棚】
名 架子　　　　　　　　　→ N5 單字
衍 ほんだな【本棚】書架
例 ホテルで使ったタオルは棚に置かないで、お風呂に掛けてください。
飯店裡的房間用過的毛巾不要放在架上，請掛在浴室。

0538
たのしみ (な)
【楽しみ (な)】

名・な形 期待
反 しんぱい (な)【心配 (な)】擔心

例 A：来週から夏休みですね。　下星期開始放暑假了！

B：はい、楽しみです。　是啊，很期待。

0539
たのしむ
【楽しむ】

他Ⅰ 享受
衍 おもしろい【面白い】有趣的

例 今から映画が始まります。どうぞ最後までお楽しみください。

現在電影即將開始。請儘情觀賞。

0540
たべほうだい
【食べ放題】

名 吃到飽
衍 のみほうだい【飲み放題】無限暢飲

例 昨日の昼ご飯は食べ放題だったので、食べすぎてしまいました。

因為昨天的午餐是吃到飽，所以吃太多了。

0541
たまに

副 偶爾
衍 ときどき【時々】有時

例 週末はいつも家で過ごしますが、たまに出かけます。

週末總是在家中度過，但是偶爾會出門。

0542
～ため
【～為】

為了～（目的）；因為～（原因）
類 ように 為了／から 因為

例 将来のために今、がんばって勉強しなければなりません。

為了將來，現在必須努力認真念書。

例 漢字を勉強するために、辞書を買いました。

為了學習漢字，買了字典。

例 事故のために、道がこんでいます。

因為事故，路上在塞車。

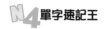

0543 ☐
だめ（な）
【駄目（な）】
な形 不行
→ N5 單字
類 いけない 不可以

例 A：このマークはどういう意味ですか。　　這個標誌是什麼意思？

　　B：ボール遊びはだめという意味です。　　禁止玩球的意思。

例 「泣いてはダメだ」と父親が息子に言いました。

　　爸爸對兒子說：「不行哭。」

例 私がいいと言うまで、問題を見ちゃダメですよ。

　　在我沒說好之前，不行看題目。

0544 ☐
たりる
【足りる】
自II 足夠
→ N5 單字

例 あっ、どうしよう。2円足りません。　　啊，怎麼辦？不夠2塊錢！

0545 ☐
だんせい
【男性】
名 男性
反 じょせい【女性】女性

例 女性のほうが男性より長生きするそうです。　　聽說女性比男性更長壽。

0546 だんぼう
□ 【暖房】

名 暖氣
反 れいぼう【冷房】冷氣

例 暖房をつけて、部屋を暖かくしましょう。

打開暖氣，使屋子暖和起來吧！

▶ち／チ

0547 ち
□ 【血】
◁» 22

名 血，血液

例 包丁で指を切って、血が出てしまいました。

菜刀切到手指，流血了。

0548 ちいさな
□ 【小さな】

連體 小的
反 おおきな【大きな】大的

例 あの大きなビルの隣の小さな建物が私の家です。

那棟大樓旁邊的小房子是我家。

0549 チーズ
□ 【cheese】

名 起司，乳酪
衍 チーズケーキ【cheesecake】乳酪蛋糕

例 チーズはどんなブランドを買ったらいいですか。

起司買哪種品牌好呢？

0550 チェック
□ 【check】

名·他Ⅲ 檢查；確認
類 かくにん【確認】確認

例 宿題を出す前に、先輩にチェックしてもらいました。

在交出作業之前，學長先幫我檢查了。

0551 ちがう
□ 【違う】

自Ⅰ 不一樣；不對
反 おなじ【同じ】一樣，同樣

→ N5 單字

例 A：どうしたんですか。　怎麼了嗎？
　 B：ネットで買ったコートが、写真と違うんです。

　　網購的外套和照片不一樣。

0552
☐ ちから
【力】

名 力氣，力量
類 パワー【power】力氣；權力

例 お腹が空いて力が出ません。 肚子餓，沒有力氣。

出題重點

▶固定用法　力氣大
（×）力が大きい。
（○）力が強い。

0553
☐ チケット
【ticket】

名 票券（門票、機票等）　　　→ N5 單字
類 きっぷ【切符】入場券；車票

例 コンサートのチケットをネットで買えば、100円安くなります。

如果在網路上買演唱會的門票，會便宜 100 日圓。

0554
☐ ちこく
【遅刻】

名・自Ⅲ 遲到
類 おくれる【遅れる】晚，沒趕上；慢，落後

例 黒木さんはよく夜にゲームをするので、会社に遅刻することが多いです。

因為黒木先生經常在晚上打電動，所以上班常遲到。

出題重點

▶詞意辨析　遅刻する VS 遅れる

「遅刻する」為正式用語，主語一定是人，含有不應該的意思。「遅れる」
則為口語用法，主語不一定是人，表示因為某種原因晚到。
（×）今朝、事故があったので、電車が３０分遅刻しました。
（○）今朝、事故があったので、電車が３０分遅れました。

今天早上因為發生事故，電車遲了 30 分鐘。

0555
☐ ちっとも

副 一點也（不）
類 すこしも【少しも】一點也（不）

例 一生懸命勉強していますが、成績がちっとも上がりません。

我拼命念書，但是成績一點也沒有提升。

0556 ～ちゃん
☐
接尾 暱稱
衍 ～さん ～先生；～小姐

例 ちびまる子ちゃんは小さい頃から私の友達です。

小丸子從小就是我的朋友。

0557 ちゅうい
☐ 【注意】
名・自Ⅲ 提醒，警告；注意
類 きをつける【気を付ける】注意，小心

例 会議に遅れて注意されてしまいました。　開會遲到被警告了。

例 自転車に乗るときは、車に注意してください。

騎腳踏車，請注意車子。

0558 ちゅうがっこう
☐ 【中学校】
名 國中
→ N5 單字
衍 ちゅうがくせい【中学生】國中生

例 中学校に入ったら、運動部に入ろうと思っていました。

原本我打算上中學後要加入運動社團。

0559 ちゅうし
☐ 【中止】
名・他Ⅲ 中止
類 キャンセル【cancel】取消

例 大雪のため、コンサートは中止になりました。　因為大雪，演唱會中止了。

0560 ちゅうしゃ
☐ 【注射】
名・他Ⅲ 打針

例 子供は注射されるのが大嫌いです。　小孩子非常討厭打針。

0561 ちゅうもん
☐ 【注文】
名・他Ⅲ 點餐；訂購
類 オーダー【order】點餐

例 A：ご注文はよろしいでしょうか。　請問您可以點餐了嗎？

B：ええ、スパゲティーとビールをお願いします。

是的，請給我義大利麵和啤酒。

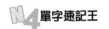

0562 ☐
ちり
【地理】

名 地理
衍 せかいちず【世界地図】世界地圖

例 私は関西の地理に詳しくないので、質問に答えられないかもしれません。

因為我不熟悉關西的地理，所以可能無法回答你的疑問。

▶つ／ツ

0563 ☐
🔊 23
つかまえる
【捕まえる】

他Ⅱ 抓（動物、小偷等）

例 子供の頃、虫を捕まえるのが好きでしたが、今は虫が怖いです。

小時候喜歡抓昆蟲，但是現在害怕昆蟲。

0564 ☐
つかまる
【捕まる】

自Ⅰ 被抓

例 Ａ：首相の家に入った泥棒が捕まったよ。女性の警官が捕まえた

んだって。　入侵首相家中的小偷被抓到了。聽說是女警官抓到的。

Ｂ：よかったね。　太好了！

┌─ 出題重點 ─┐

▶文法　〜んだって　聽說
用於將聽到的訊息告訴他人，為較通俗的口語說法。

0565 ☐
つき
【月】

接尾・名 （1）個月；月亮
衍 〜かげつ【〜ヶ月】〜個月（1ヶ月＝ひとつき）

例 月に1回、小学校でボランティアをすることにしました。

我決定每個月1次到國小當志工。

0566 ☐
つく
【着く】

自Ⅰ 抵達，到達　　　　　→ N5 單字
反 でる【出る】離開

例 Ａ：大阪まであとどのくらいかかります？　到大阪還要多久呢？

Ｂ：もうすぐ着きますよ。　快要到了！

0567 ☐ つく
【点く】

| 自I （電器）開著；（火）點燃
| 反 きえる【消える】（電燈等）關著；熄滅

例 A：隣の部屋の電気がついていますね。　隔壁房間的電燈開著。

　　B：だれかいるようですね。　好像有人。

0568 ☐ つく
【付く】

| 自I 附有

例 最近のケータイにはいろいろな機能が付いています。

最近的手機附有許多功能。

0569 ☐ つくる
【作る】

| 他I 成立；製作　　→ N5 單字

例 いつか自分の会社を作りたいです。

總有一天我要成立自己的公司。

0570 ☐ つける

| 他II 開（電器）；點（火）　　→ N5 單字
| 反 けす【消す】關（空調等）；熄

例 暗いのが苦手なので、いつも電気をつけて寝ます。

因為我怕黑，所以總是開著燈睡覺。

0571 ☐ つける
【付ける】

| 他II 沾；加上；戴

例 寿司はしょうゆをつけて食べてください。　壽司請沾醬油吃。
例 正しいものに丸をつけなさい。　請圈出正確答案。
例 姉は友達と会うとき、アクセサリーをつけて出かけます。

姊姊要去和朋友見面時，會戴飾品出門。

0572 ☐ つごう
【都合】

| 名 方便；狀況，形勢

例 ちょっと会いたいんですが、だいたいいつごろが都合がいいですか。

我想見面一下，您大概什麼時候方便呢？（同事間對話）

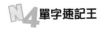

0573 ☐
つたえる
【伝える】

他Ⅱ 傳達，轉達
類 しらせる【知らせる】告知

例 あとで電話すると社長に伝えていただけませんか。

能幫我向總經理轉達，我稍後會來電嗎？

出題重點

▶文法　～（だ）と伝えていただけませんか　能幫我轉達嗎？

用於禮貌地請求對方轉達。

0574 ☐
つづく
【続く】

自Ⅰ 持續

例 こんなにいい天気が2週間も続いています。

這樣的好天氣會持續到2星期。

0575 ☐
つづける
【続ける】

他Ⅱ 繼續，持續

例 すみません。この本を続けて借りたいんですが。

不好意思，我想續借這本書。

例 あの人は30分ずっと1人で話しつづけています。

那個人獨自一直持續講了30分鐘。

出題重點

▶文法　V－ます＋つづける

表示動作一直持續。

0576 ☐
つつむ
【包む】

他Ⅰ 包

例 すみません、このスーツをプレゼント用に包んでいただけませんか。

不好意思，這件套裝能幫我包成禮物嗎？

0577
☐ つなみ
【津波】

图 海嘯
衍 おおじしん【大地震】大地震

例 地震に続いて津波が起こらないかどうか心配です。

我擔心緊接著地震之後會不會發生海嘯。

0578
☐ つま
【妻】

图 （自己的）老婆，太太
衍 おくさん【奥さん】（別人的）老婆，太太

例 毎日私は妻にケータイをチェックされます。

我每天都會被老婆檢查手機。

出題重點

▶文法辨析　V−（ら）れる VS V−てもらう

「V−（ら）れる」用於接受某項行為感到困擾時，「V−てもらう」則
用於感到感激時。

0579
☐ 〜つもり

图 打算〜
衍 よてい【予定】預定，計畫

例 A：今夜の飲み会、どうしますか。　今天晚上的酒會怎麼辦？
　　B：私は行かないつもりです。　我不打算去。

0580
☐ つもる
【積もる】

自Ⅰ 積，累積

例 今朝からは雪が降り続いていて、２０センチも積もりました。

從今天早上開始持續降雪，積雪達 20 公分了。

0581
☐ つる
【釣る】

他Ⅰ 釣魚
衍 つり【釣り】釣魚

例 父は朝から夕方まで魚を釣っていましたが、１匹も釣れませんでした。

爸爸從早釣魚釣到晚，但是 1 條魚都沒釣到。

0582
☐ つれていく
【連れていく】

他Ⅰ 帶（某人）去
衍 もっていく【持っていく】帶去，拿去

例 昨日課長においしい店に連れて行ってもらいました。

昨天課長帶我們去好吃的店。

▼て／テ

0583
☐ ていねい (な)
🔊 【丁寧 (な)】
24

な形 仔細，謹慎；禮貌，客氣
衍 こまかい【細かい】細小的；細微的

例 丁寧に説明していただき、ありがとうございます。

謝謝您，為我仔細說明。

0584
☐ デート
【date】

名・自Ⅲ 約會
衍 つきあう【付き合う】交往

例 今度のデートは恋人を海に連れて行こうと思います。

下次約會我打算帶情人去海邊。

0585
☐ テキスト
【text】

名 課本，教材
類 きょうかしょ【教科書】教科書

例 日本語のテキストを買わなくても、勉強できます。

即使沒有購買日語教材，也能學習。

0586
☐ てきとう (な)
【適当 (な)】

な形 適當的；隨便敷衍

例 答えは、1 〜 4 の中から適当なものを選びなさい。

請從 1 到 4 中選出適當的答案。

0587
☐ できる
【出来る】

自Ⅱ 製成；能夠，會，可以；建好　→ N5 單字

例 チーズは牛乳からできています。　起司是由牛奶製成。

0588
☐ できるだけ

副 儘可能，儘量
類 なるべく 儘可能

例 レポートはできるだけ早く出してください。お願いします。

請您儘早交出報告。麻煩您了。

0589 できれば

副 可以的話

例 疲れているので、できれば今日1日何もしたくないです。

因為疲憊，可以的話今天整天什麼事都不想做。

0590 ～でございます

連語 「です」的禮貌用語

例 A：すみません。食品売り場は何階ですか。

不好意思，請問食品賣場在幾樓？
B：地下1階でございます。　在地下1樓。

出題重點

▶文法　～でございます

用於對顧客說話，或是向一群人說話的場合。另外，「ございます」是「あります」的禮貌用語。

0591 テスト
【test】

名・他Ⅲ 測驗，考試　　　　→ N5 單字
類 しけん【試験】考試

例 卒業するためにテストを受けなければなりません。

為了要畢業，必須參加考試。

0592 てつだう
【手伝う】

他Ⅰ 幫忙　　　　　　　→ N5 單字
衍 てつだい【手伝い】幫忙；幫手

例 手伝ってくれて、ありがとうございます。おかげでうまくいきました。

謝謝您的幫忙。託您的福，順利進行了。

0593 テニス
【tennis】

名 網球
衍 テニスコート【tennis court】網球場

例 明日、テニスをするんですが、よかったら一緒にしませんか。

我明天會去打網球，如果方便的話要不要一起打呢？

出題重點

▶固定用法　よかったら　如果方便的話

經常用於邀約或勸誘他人時。

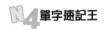

0594 □
てぶくろ
【手袋】

图 手套
彷 マフラー【muffler】圍巾

例 この冬はとても寒いので、よく手袋をしています。

因為這個冬天非常寒冷，所以經常戴著手套。

0595 □
てら・おてら
【寺・お寺】

图 寺廟
彷 じんじゃ【神社】神社

例 奈良や京都には有名なお寺がたくさんあります。

在奈良和京都有許多有名的寺廟。

0596 □
でる
【出る】

自Ⅱ 離開；參加；出發；出；發；出來　→ N5 單字
彷 だす【出す】拿出；讓～出去；扔，倒

例 今朝9時に家を出ました。　今天早上9點出門。
例 私が出た大学はあまり有名じゃありません。　我畢業的大學不太有名。

出題重點

▶固定用法　出る
試合に出る　參加比賽／授業に出る　出席課程／電車が出る　電車出發
新製品が出る　新產品上市／お釣りが出る　（機器自動）找零
宿題が出る　出作業／給料が出る　發薪水
人気が出る　受歡迎／電話に出る　接電話

0597 □
～てん
【～点】

接尾・名 ～分（考試分數）；分數
類 てんすう【点数】分數

例 昨日のテストは満点を取りました。　昨天的考試得到滿分。

0598 □
てんいん
【店員】

图 店員
彷 てんちょう【店長】店長

例 あの店員さんは、やさしいし、話し方も丁寧だし、人気があります。

那位店員既親切，說話又禮貌，很受歡迎。

152

0599
□ てんきよほう
【天気予報】
图 天氣預報

例 いつも天気予報をチェックしてから出かけます。

我總是確認天氣預報後再出門。

0600
□ でんち
【電池】
图 電池
衍 でんげん【電源】電源

例 これは電池で動くおもちゃです。　這是裝了電池會動的玩具。

0601
□ てんぷら
【天ぷら】
图 天婦羅
衍 からあげ【唐揚げ】日式炸雞

例 台湾で一番人気がある日本の食べ物は天ぷらです。

臺灣最受歡迎的日本食物是天婦羅。

0602
□ てんらんかい
【展覧会】
图 展覽會
衍 びじゅつかん【美術館】美術館

例 展覧会に行って絵を見るのが好きです。　我喜歡去展覽會看畫。

と／ト

0603
□ どうぐ
【道具】
🔊 25
图 工具
衍 きかい【機械】機械

例 自転車を修理したいんですが、寮にある道具を借りてもいいですか。

我想修理自行車，可以借我在宿舍的工具嗎？

0604
□ とうとう
副 終於，最終還是
衍 やっと 終於，總算

例 楽しかった夏休みが明日でとうとう終わります。

開心的暑假最終還是會在明天結束。

0605
□ どうぶつえん
【動物園】
图 動物園
衍 しょくぶつえん【植物園】植物園

例 ニュースによると、動物園でペンギンの赤ちゃんが生まれたそうです。

根據新聞報導，聽說動物園裡企鵝寶寶出生了。

0606 どうろ
□ 【道路】
名 馬路，道路
類 みち【道】道路

例 A：あそこに何と書いてありますか。　那裡寫著什麼？
　　B：道路で遊んではいけないと書いてあります。

　　寫著不可以在馬路上玩。

0607 とおく
□ 【遠く】
名・副 遠處
反 ちかく【近く】近處

例 A：たまには遠くへ遊びに行こうよ。　偶爾一起去遠遊吧！
　　B：うん、どこがいい？　好啊，要去哪裡？

┌─ 出題重點 ─────────────────────────
│
│ ▶搶分關鍵　遠く／近く／早く／遅く
│
│ 除了作為「副詞」修飾動詞的用法，也可作為「名詞」直接使用。
│ 遠く　遠處／近く　近處／早く　早些時候／遅く　晚些時候
└────────────────────────────────

0608 とおり・～どおり
□ 【通り・～通り】
名・接尾 馬路，道路；～路；按照
衍 おおどおり【大通り】大馬路

例 この道をまっすぐ行くと大きな通りに出ます。

　　這條路直走，就會到大馬路。
例 図のとおりに紙を折ってください。　請按照圖示折紙。

┌─ 出題重點 ─────────────────────────
│
│ ▶文法　～とおり（に）　按照
│ 表示按照某件事物進行。
└────────────────────────────────

0609 とおる
□ 【通る】
自I 通過，過
衍 かよう【通う】（人、車等）常態往返

例 このバスは東京駅の近くを通りますか。

　　這班公車會通過東京車站附近嗎？
例 駐輪場に行くには、公園の中を通るのが一番近いです。

　　要去自行車停放區，通過公園最近。

▶文法　場所＋を

如果後方接續具有移動性質的動詞，此時「を」表示經過、通過的場所。
海岸を歩く　行經海邊／空を飛ぶ　在天空飛翔

0610
□
とかい
【都会】

名 都會，城市
反 いなか【田舎】鄉下；故鄉

例 都会は田舎より生活が便利です。　城市比鄉下生活更便利。
例 都会で広い庭を持つことは難しいです。　住在城市很難擁有寬廣的庭院。

▶詞意辨析　都会 VS 都市

「都会（とかい）」能作為普通名詞使用，容易讓人聯想到物質生活的奢華。「都市（とし）」則一般作為專有名詞的一部分，不常單獨使用。
五大都市　五大都市／学研都市　學術研究都市
都市問題　都市問題／都市計画　都市計畫

0611
□
とくい（な）
【得意（な）】

な形 拿手，擅長
反 にがて（な）【苦手（な）】棘手，不擅長

例 私の得意な料理は玉子焼きです。　我的拿手料理是玉子燒。
例 山本さんは歌が得意です。　山本先生擅長唱歌。

▶詞意辨析　上手 VS 得意　擅長

「上手」用於稱讚對方技術高明，不會用於自稱。「得意」則是用於描述自己或他人擅長的事物。
（×）私は数学が上手です。
（○）私は数学が得意です。　我擅長數學。

0612
□
どくしん
【独身】

名 單身

例 私は４０歳で、独身です。　我 40 歲，單身。

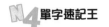

0613
☐ **とくに**
【特に】　　　　　　　　　副 特別

例 日本料理は何でも好きですが、特に天ぷらが好きです。

任何日本料理我都喜歡，特別喜歡天婦羅。

0614
☐ **とくべつ（な）**
【特別（な）】　　　　　　な形 特別

例 このお寺はふつうの人は入れませんが、今日は特別に入ることが

できます。　這間寺廟一般民眾無法進入，今天是特例。

0615
☐ **とこや**
【床屋】　　　　　　　　名 理髮廳
　　　　　　　　　　　　　類 びようしつ【美容室】美容室

例 父は床屋でひげを剃ってもらいました。　爸爸在理髮廳讓人刮鬍鬚。

0616
☐ **とし**
【年】　　　　　　　　　名 年紀；年　　　　　　→ N5 單字
　　　　　　　　　　　　　類 ねんれい【年齢】年齢

例 この犬は今年で１５歳です。とても年をとっています。

這隻狗今年 15 歲，年紀很大了。

┌─ 出題重點 ─────────────
│
│ ▶固定用法　年を取る　年紀增長

0617
☐ **としより・おとしより**
【年寄り・お年寄り】　　　名 老人
　　　　　　　　　　　　　類 ろうじん【老人】老年人

例 お年寄りになると、体が弱くなります。　人變老，身體也變差。

年齢層

赤<ruby>赤<rt>あか</rt></ruby>ちゃん
嬰兒

<ruby>子供<rt>こども</rt></ruby>
小孩

<ruby>若者<rt>わかもの</rt></ruby>
年輕人

お<ruby>年寄<rt>としよ</rt></ruby>り
老人

0618
□
とちゅう
【途中】

名 途中；半路上
衍 はじめ【始め】開始／おわり【終わり】結束

例 <ruby>会議<rt>かいぎ</rt></ruby>の<ruby>途中<rt>とちゅう</rt></ruby>で<ruby>電話<rt>でんわ</rt></ruby>が<ruby>鳴<rt>な</rt></ruby>りました。　會議中電話響了。

0619
□
とっきゅう
【特急】

名 特快車
衍 きゅうこう【急行】急行列車

例 <ruby>特急<rt>とっきゅう</rt></ruby>と<ruby>急行<rt>きゅうこう</rt></ruby>の<ruby>違<rt>ちが</rt></ruby>いは<ruby>何<rt>なん</rt></ruby>ですか。　特快車和急行列車有何不同？

0620
□
とどく
【届く】

自I 送達
衍 とうちゃくする【到着する】到達

例 ＥＭＳ<rt>イーエムエス</rt>で<ruby>送<rt>おく</rt></ruby>ればもっと<ruby>早<rt>はや</rt></ruby>く<ruby>届<rt>とど</rt></ruby>きますよ。

用國際航空寄送的話，會更快送達喔！

0621
□
とどける
【届ける】

他II 送，遞送

例 <ruby>親切<rt>しんせつ</rt></ruby>な<ruby>人<rt>ひと</rt></ruby>が<ruby>財布<rt>さいふ</rt></ruby>を<ruby>見<rt>み</rt></ruby>つけて<ruby>交番<rt>こうばん</rt></ruby>に<ruby>届<rt>とど</rt></ruby>けてくれました。

善心人士發現錢包幫我送到派出所。

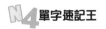

0622 □
とまる
【泊まる】

自I 住（飯店等）

例 京都に行きたいんですが、どこに泊まったら便利ですか。

我想去京都，住哪裡方便呢？

0623 □
とまる
【止まる】

自I 停止　→ N5 單字

反 うごく【動く】動，轉動

例 故障で電車が止まりました。　電車因故障停開。

0624 □
とめる
【止める】

他II 停

衍 ちゅうしゃじょう【駐車場】停車場

例 すみません。ここに車を止めてもいいですか。

不好意思，我可以把車停在這裡嗎？

0625 □
ドラマ
【drama】

名 電視劇

例 私の趣味はドラマを見ることです。　我的休閒嗜好是看電視劇。

0626 □
とりかえる
【取り替える】

他II 互換，交換；更換

例 辛いものが苦手なら、私のと取り替えてもいいですよ。

如果你怕辣，可以和我交換。

0627 □
とる
【取る】

他I 取得；拿；（年紀）增長　→ N5 單字

衍 とる【撮る】拍攝／とる【盗る】偷；搶

例 息子がこの間のテストで百点を取りました。

我兒子前幾天考試得到 100 分。

0628 □
どろぼう
【泥棒】

名 小偷

衍 とる【盗む】偷；搶

例 私は海外旅行したとき、泥棒に入られたことがあります。

我曾經海外旅行時遭小偷。

罪犯

すり
掏摸
扒手

まんび
万引き
竊賊

ちかん
痴漢
色狼

ストーカー
跟蹤狂

0629
□ **どんどん**

> 副 越來越；連續不斷
> 彷 だんだん 漸漸，逐漸

例 日本語は、はじめは簡単だと思いましたが、どんどん難しくなりました。

我覺得日語一開始簡單，但是變得越來越難。（強調變化）

例 遠慮しないで、どんどん食べてください。

不要客氣，請儘量吃。（強調進展）

筆記區

な／ナ

0630
なおす
【直す】

26
他Ⅰ 修理；修改　　　→ N5 單字
反 こわす【壊す】弄壊

例 友達に自転車を直してもらいました。　朋友幫我修理了自行車。
例 先生に作文を直していただきました。　老師幫我修改了作文。

0631
なおる
【直る】
自Ⅰ 修理好
反 こわれる【壊れる】毀損，壊了

例 再起動したら、ケータイが直りました。　重新開機後，手機就正常了。

0632
なおる
【治る】
自Ⅰ 痊癒
衍 なおす【治す】治療

例 ゆっくり休まなければ、風邪が治りませんよ。

不好好休息的話，感冒不會痊癒喔！

0633
なか
【中】
名 中間；裡面　　　→ N5 單字

例 果物の中で、いちごが一番好きです。　所有水果中，我最喜歡草莓。
例 犬を部屋の中に入れてやりました。　讓狗進到房間裡了。

0634
ながさ
【長さ】
名 長度
衍 ながい【長い】長的

例 私の髪は、肩までの長さです。　我的頭髪，長度到肩膀。

0635
なかなか
副 相當；不輕易，不容易，不簡單（後接否定）

例 今年の日本語能力試験はなかなか難しかったです。

今年的日語能力檢定相當難。
例 ３０分も待っているのに、なかなか料理が来ません。

都等了30分鐘，菜卻還不來。

0636 ～ながら　　邊～邊～　　→ N5 單字

例 あのレストランで食事(しょくじ)しながら、話(はな)しましょう。

在那間餐廳邊吃飯邊談吧！

0637 なく　　自I 哭　　→ N5 單字
【泣く】　　反 わらう【笑う】笑；嘲笑

例 子供(こども)は転(ころ)んで泣(な)いてしまいました。　小朋友跌倒哭了。

0638 なくす　　他I 遺失　　→ N5 單字

例 教科書(きょうかしょ)をなくして、困(こま)っています。明日(あした)、テストなのに。

遺失了課本，覺得困擾。明天還要考試。

0639 なくなる　　自I 用完；不見

例 買(か)い物(もの)しすぎて、お金(かね)がなくなってしまいました。

買太多東西，錢都花光了。

0640 なくなる　　自I 去世
【亡くなる】　　類 しぬ【死ぬ】死

例 友達(ともだち)のおじいさんがゆうべ亡(な)くなりました。　朋友的爺爺昨晚去世了。

出題重點

▶詞意辨析　亡くなる VS 死ぬ

「亡くなる」主要用於人類。「死ぬ」一般表示動物的死亡，如果用於表示他人的亡故，會缺乏敬意，但是可用於客觀的敘述。

例 戦争(せんそう)で多(おお)くの人(ひと)が死(し)にました。　由於戰爭許多人死亡。

0641 なげる　　他II 扔，投
【投げる】

例 子供(こども)のとき、公園(こうえん)でボールを投(な)げて遊(あそ)びました。

小時候曾在公園投球玩耍。

161

0642 なさる
- 他I 做（「する」尊敬語）
- 衍 いたす［謙］做（常用「ます形」）

例 A：お客様、デザートは何になさいますか。

這位客人，請問甜點要什麼？

B：ショートケーキをお願いします。　請給我草莓鮮奶油蛋糕。

0643 なべ【鍋】
- 名 火鍋；鍋子
- 衍 フライパン【frypan】平底鍋

例 暑い夏に鍋とか、おでんを食べる人もいます。

也有人在酷夏吃火鍋或關東煮。

0644 なみだ【涙】
- 名 眼淚
- 衍 なく【泣く】哭

例 自転車にぶつかってケガをしてしまいました。痛くて涙が出ました。

撞到腳踏車受傷了，痛到流眼淚。

0645 なる【鳴る】
- 自I 鳴，響
- 衍 ならす【鳴らす】使～發出聲響

例 最近、お腹がよく鳴って恥ずかしいです。

最近常常腹鳴，覺得不好意思。

0646 なる
- 自I 變，成為；達到（數量）　　→ N5 單字
- 衍 する 做

例 もっといい社会になるように政治家はがんばらなければなりません。

為了讓社會變得更好，政治家必須努力。

0647 なるべく
- 副 儘可能
- 類 できるだけ 儘可能，儘量

例 留学中は、なるべく同じ国の人といっしょにいない方がいいですよ。いつも母語で話してしまいますから。

留學時儘可能不和同國家的人在一起比較好，因為總是會用母語說話。

0648
□
なるほど
感嘆 原來如此

例 A：昨日は急に具合が悪くなって、会社を早退したんです。

昨天突然身體狀況不佳，從公司早退。

B：なるほど、そういうことでしたか。 原來是那樣啊！

0649
□
なれる
【慣れる】
自Ⅱ 習慣

例 日本の生活にはまだ慣れていません。 我尚未習慣日本生活。

0650
□
なんども
【何度も】
連語 一再，好幾次

例 同じことを何度も聞かないでください。 請不要一再問同樣的事。

に／ニ

0651
□

27
におい
【匂い】
名 氣味
初 あじ【味】味道

例 台所からいいにおいがしてきました。 從廚房傳來了香味。

0652
□
にがい
【苦い】
い形 苦的
反 あまい【甘い】甜的

例 この薬は苦すぎて飲めません。 這藥太苦，無法吞服。

0653
□
にがて（な）
【苦手（な）】
な形 棘手，不擅長
類 へた（な）【下手（な）】不好，不擅長

例 私は英語は得意ですが、数学は苦手です。

我擅長英語，但是不擅長數學。

0654
□
〜にくい
接尾 難〜，不易〜
反 〜やすい 容易〜

例 彼の書く字はとても読みにくいです。もっと丁寧に書いてほしいです。

他寫的字非常難以辨讀，希望他能更仔細寫。

出題重點

▶文法辨析　Ｖ－ます＋やすい VS Ｖ－ます＋にくい

「Ｖ－ます＋にくい」與「Ｖ－ます＋やすい」意思相反，表示難做某動作，

或是某件事不容易發生。

0655
にげる
【逃げる】
自Ⅱ 逃，逃走
衍 はしる【走る】跑；奔馳，高速行駛

例 ねこが窓から外に逃げてしまいました。　　貓從窗戶逃到外面了。

0656
～について
連語 關於～

例 日本の文化についてレポートを書きました。　　寫了關於日本文化的報告。

0657
にっき
【日記】
名 日記
衍 メモ【memo】記錄

例 私は日記を書く習慣がありません。　　我沒有寫日記的習慣。

0658
にゅういん
【入院】
名・自Ⅲ 住院
反 たいいん【退院】出院

例 友達が入院したのでお見舞いに行きました。

因為朋友住院，所以我去探病了。

0659
にゅうがく
【入学】
名・自Ⅲ 入學
反 そつぎょう【卒業】畢業

例 子供が来年中学校に入学します。　　我的小孩明年國中入學。

0660
にゅうりょく
【入力】
名・他Ⅲ 輸入
類 いれる【入れる】放入；打開（開關）；沖泡

例 パスワードを正しく入力してください。　　請正確輸入密碼。

0661
～によると
連語 根據～（表示訊息的出處）

例 天気予報によると、今夜は雪になるそうです。

根據天氣預報，聽說今晚會下雪。

0662 にる
【似る】
自II 像，類似

例 兄は父に顔がよく似ています。　我哥哥長得很像爸爸。

0663 にんき
【人気】
名 受歡迎，有人緣
衍 にんきもの【人気者】受歡迎的人

例 吉田さんはやさしくて皆に人気があります。

吉田先生很溫柔，受大家歡迎。

0664 にんぎょう
【人形】
名 人偶，娃娃
衍 おもちゃ【玩具】玩具

例 あの女の子は人形のようにかわいいです。

那個女孩子像娃娃一樣可愛。

ぬ／ヌ

0665 ぬすむ
【盗む】
他I 偷竊
衍 とる【盗る】偷；搶

28

例 旅行したとき、カメラを盗まれてしまいました。　旅行時相機被偷了。

0666 ぬる
【塗る】
他I 塗，抹　→ N5 單字
衍 つける【付ける】沾；戴；加上

例 このナイフはバターを塗るのに使います。　這把刀是用來塗奶油的。

0667 ぬれる
【濡れる】
自II 濕
反 かわく【乾く】乾

例 階段がぬれているので、ご注意ください。　階梯濕滑，請小心。

ね／ネ

0668 ねだん
【値段】
名 價位，價錢
衍 りょうきん【料金】費用

29

例 ブランド品は値段が高くても買いたいです。

名牌商品即使價位高，我也是會想買。

0669
ねつ
【熱】

名 發燒

例 昨日、４０度も熱が出たので、学校を休みました。

因為昨天發燒到 40 度，所以向學校請假了。

0670
ねっしん (な)
【熱心 (な)】

な形 專注，認真

類 いっしょうけんめい (な)【一生懸命 (な)】拼命，努力

例 A：学生が熱心に会話の練習をしていますね。

學生專注做會話練習呢！

B：明日、会話のテストがあるんです。　因為明天有會話考試。

0671
ねぼう
【寝坊】

名・自Ⅲ 睡過頭

類 あさねぼう【朝寝坊】睡過頭

例 寝坊して会社に遅刻してしまいました。　睡過頭，上班遲到了。

0672
ねむい
【眠い】

い形 睏的

例 昨夜は遅くまで起きていたので、まだ眠いです。

因為昨天到很晚都還沒睡，所以還很睏。

0673
ねむる
【眠る】

自Ⅰ 睡，睡眠

反 めがさめる【目が覚める】醒來

例 心配なことがあって、なかなか眠れません。　有擔心的事，難以入睡。

0674
ねる
【寝る】

自Ⅱ 睡覺　　　　　　　→ N5 單字

反 おきる【起きる】起床；不睡，醒著；發生

例 明日も学校があるから、早く寝なさい。

明天也要上學，早點去睡覺！（家人間對話）

出題重點

▶詞意辨析　寝る VS 眠る

「寝る」表示睡覺或是躺下的行為，「眠る」則表示閉眼的無意識狀態。

の／ノ

0675
のこる
【残る】

自I 殘留；剩下
衍 のこす【残す】剩；留

例 お皿に洗剤が残らないように、きれいに洗ってください。

為了避免清潔劑殘留在盤子上，請清洗乾淨。

0676
のど
【喉】

名 喉嚨
衍 のどがかわく【喉が渇く】口渴

例 喉が少し痛いです。風邪を引いたかもしれません。

喉嚨有點痛，可能感冒了。

0677
のみほうだい
【飲み放題】

名 無限暢飲
衍 たべほうだい【食べ放題】吃到飽

例 村上さんは飲み放題がある居酒屋に行きたがっています。

村上先生想去無限暢飲的居酒屋。

0678
のりかえる
【乗り換える】

他II 轉乘
衍 のりかえ【乗り換え】轉乘

例 次の駅で降りて、バスに乗り換えてください。

請在下一站下車，轉乘公車。

0679
のりば
【乗り場】

名 招呼站，乘車處
衍 バスてい【バス停】公車站

例 タクシー乗り場に、たくさんの人が並んでいます。

計程車招呼站有很多人在排隊。

0680
のりもの
【乗り物】

名 交通工具

例 遠くへ行くのに乗り物が必要です。　去遠方需要交通工具。

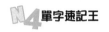

は／ハ

0681
は
【葉】

名 葉子
類 はっぱ【葉っぱ】葉子

31

例 松の木は冬になっても葉が落ちません。

松樹即使到冬天也不會落葉。

0682
〜ばあい
【〜場合】

〜情況，〜時候

例 雨が降った場合は、体育館で練習を行います。

下雨的話，就在體育館練習。

┌─ 出題重點 ─┐

▶ **文法　〜場合（は）**

「場合」為名詞，如同修飾名詞的接續方式，前方可接續「動詞」、「形容詞」與「名詞」。用於假設某種情況發生時，對應的方式或是產生的結果。

0683
バーゲン
【bargain】

名 特賣
移 バーゲンセール【bargain sale】特賣會

例 バーゲンの時以外は、デパートに行きません。

除了特賣期間以外，我不會去逛百貨公司。

0684
〜ばい
【〜倍】

接尾 〜倍

例 今年は雨が少なかったので、野菜の値段が2倍に上がりました。

因為今年降雨量少，所以蔬菜的價格上漲了2倍。

0685
ハイキング
【hiking】

名・自Ⅲ 遠足，徒步旅行

例 週末はよくハイキングに出かけます。　週末經常出門遠足。

ハイキング	花見	紅葉狩り	釣り
遠足，徒步旅行	賞花	賞楓	釣魚

0686

はいけん
【拝見】

他Ⅲ 看（「見る」謙讓語）
衍 ごらんになる【ご覧になる】[尊]看

例 送ってくださったメールを拝見しました。　我看了您寄來的電子郵件。

0687

はいしゃ
【歯医者】

名 牙醫
衍 みがく【磨く】刷（牙）

例 歯がそんなに痛いなら、歯医者に行った方がいいと思います。

如果牙齒那麼痛的話，我覺得最好去看牙醫。

刷牙

歯	歯ブラシ	歯磨き
牙齒	牙刷	刷牙

0688

はいる
【入る】

自Ⅰ 上（大學等）；進入；裝　→ N5 單字
反 でる【出る】離開

例 来年の4月に娘が大学に入ります。お金がたくさん要りますから、
大変です。　明年4月女兒上大學。需要一大筆錢，真是糟糕。

文化補充

▶請進　上がる VS 入る

前者「おあがりください」用於玄關有臺階，請客人穿拖鞋入內時，而後
者「おはいりください」則用於玄關無臺階時。

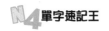

0689
☐ ～ばかり
　　　　　　　　　　　　助 剛剛～

例 買ったばかりの自転車を盗まれました。　剛剛才買的腳踏車被偷了。

> 出題重點

▶文法辨析　V－た＋ばかりだ VS V－た＋ところだ

「V－たばかりだ」用於說話者主觀認為某動作、事件剛發生沒多久。

「V－たところだ」表示某動作、事件剛結束，多用於約 10 分鐘前的事情。

例 映画は今、始まったばかりです。

　　電影才剛開始。（帶有「沒過多久不用急」的意思）

例 これは昨日買ったばかりです。

　　這是昨天才剛買的。（對壞掉的物品帶有「遺憾」的心情）

（×）私は 1 年前に日本にきたところです。

（○）私は 1 年前に日本にきたばかりです。

　　我 1 年前才到日本。（帶有「還有許多不知道的事情」的意思）

0690
☐ はく
　　　　　　　　　　他Ⅰ 穿（鞋、襪子、褲子）　→ N5 單字
　　　　　　　　　　反 ぬぐ【脱ぐ】脱

例 スリッパをはいて部屋に入ってください。　請穿拖鞋進房間。

穿戴服飾

靴下をはく
穿襪子

服を着る
穿衣服

帽子をかぶる
戴帽子

0691 はくぶつかん
【博物館】

名 博物館
衍 びじゅつかん【美術館】美術館

例 先週先生は私たちを博物館に連れて行ってくださいました。

上星期老師帶我們去博物館。

0692 はこぶ
【運ぶ】

他Ⅰ 搬，搬運；運送
類 もっていく【持っていく】帶，拿去

例 この荷物は重いですから、1つずつ運んでください。

因為這些行李很重，所以請1個個搬。

0693 はじまり
【始まり】

名 開始；起源
衍 はじまる【始まる】開始

例 1週間の始まりは何曜日からですか。

1星期的開始是從星期幾？

0694 はじめる
【始める】

他Ⅱ 開始   → N5 單字
反 おわる【終わる】結束，做完

例 部屋が汚かったので、朝9時から掃除を始めて、終わったのは夜7時

でした。

因為房間很髒，所以從早上9點開始打掃，結束時已經是晚上7點。

0695 ばしょ
【場所】

名 位置，地點，場所
類 ところ【所】地點，場所

例 今、そちらに向かっているところです。今いる場所を教えてください。

現在正朝著你的方向前進，請告訴我現在所在的位置。

場所

はくぶつかん
博物館
博物館

がっこう
学校
學校

びょういん
病院
醫院

ぎんこう
銀行
銀行

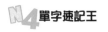

0696
はしる
【走る】

自Ⅰ 跑；奔馳，高速行駛
衍 あるく【歩く】走
→ N5 單字

例 彼が向こうから手を振りながら走ってきました。

他從對面邊揮手邊跑來。

0697
～はず

應該～，理應～

例 彼はイスラム教を信じていますから、お酒を飲まないはずです。

因為他信仰伊斯蘭教，所以應該不喝酒。

例 この仕事は今年の１２月までに終わるはずです。

這項工作應該會在今年 12 月之前結束。

出題重點

▶文法　Ｖはずだ　應該

用於以強而有力的根據自信地推斷事情，有時候也用於表示預定的事情。

0698
はずかしい
【恥ずかしい】

い形 不好意思的，害羞的
衍 きんちょう【緊張】緊張

例 お客さんの名前を間違えてしまって、恥ずかしかったです。

弄錯了顧客的名字，覺得不好意思。

0699
バスてい
【バス停】

名 公車站
類 バスのりば【バス乗り場】公車站

例 すみません、水族館に一番近いバス停がどこか分かりますか。

不好意思，您知道距離水族館最近的公車站在哪裡嗎？

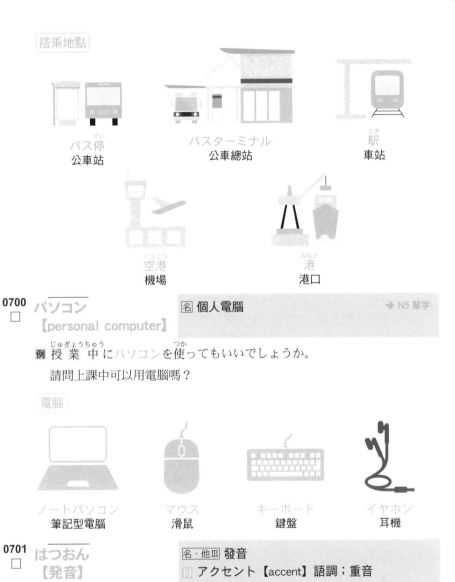

搭乘地點

バス停
てい
公車站

バスターミナル
公車總站

駅
えき
車站

空港
くうこう
機場

港
みなと
港口

0700
□ パソコン
【personal computer】

名 個人電腦 → N5 單字

例 授 業 中 にパソコンを使ってもいいでしょうか。
じゅぎょうちゅう　　　　　　　つか

請問上課中可以用電腦嗎？

電腦

ノートパソコン
筆記型電腦

マウス
滑鼠

キーボード
鍵盤

イヤホン
耳機

0701
□ はつおん
【発音】

名・他Ⅲ 發音
衍 アクセント【accent】語調；重音

例 このアナウンサーは発音がきれいです。　這位主播的發音清晰。
　　　　　　　　　はつおん

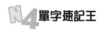

0702 □

はっきり（と）
副・自Ⅲ 清楚

例 自分の気持ちをはっきり言ってほしいです。

希望你清楚地說出自己的感受。

0703 □

はなし
【話】
名 消息，傳聞；講話；故事　→ N5 單字
衍 はなす【話す】說

例 A：ご結婚、おめでとうございます。　恭喜您結婚。

　　B：えっ、誰からその話を聞いたんですか。

　　　　咦？是從誰那裡聽到消息？

0704 □

はなみ
【花見】
名 賞花

例 桜が咲き始めましたから、そろそろ花見に行きませんか。

櫻花開始開了，要不要這就去賞花？

0705 □

はらう
【払う】
他Ⅰ 支付，付款　→ N5 單字

例 A：留学生は健康保険料を払わなくてもいいですか。

　　留學生可以不付健保費嗎？

　　B：いいえ、払わなければいけません。　不行，必須支付。

0706 □

ばんぐみ
【番組】
名 節目
衍 チャンネル【channel】頻道

例 チャンネルを変えてもいいですか。見たい番組が始まるんです。

可以轉臺嗎？我想看的節目要開始了。

0707 □

はんたい
【反対】
名・自Ⅲ 反對；相反
反 さんせい【賛成】贊成

例 首相の意見に反対です。首相は金持ちのために法律を変えたがって

いいます。　我反對首相的意見。首相為了有錢人想改變法律。

例 オーストラリアは季節が日本と反対です。　澳洲的季節和日本相反。

0708 はんとし
【半年】

名・副 半年

例 半年だけ、留学したことがあります。 我留學過，但是只有半年。

0709 ハンドバッグ
【handbag】

名 手提包

例 彼氏がくれた誕生日プレゼントは、茶色のハンドバッグでした。

男朋友給我的生日禮物是棕色的手提包。

包包

財布
錢包

ハンドバッグ
手提包

リュック（サック）
後背包

スーツケース
行李箱

0710 はんぶん
【半分】

名・副 一半 　　→ N5 單字

例 仕事が半分終わりました。あと少しです。

工作已完成一半，還剩下一點點。

ひ／ヒ

0711 ひ
【日】

名 日子，日
衍 ひにち【日にち】日期

32

例 両親が日本に来る日にバイトがあったので、友達に代わってもらいました。

因為雙親來日本的日子我有打工，所以請朋友幫我代班了。

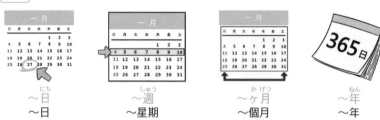

期間

~日（にち）　~日
~週（しゅう）　~星期
~ヶ月（かげつ）　~個月
~年（ねん）　~年

0712
☐

ひ
【火】

名 火
衍 かじ【火事】火災／はなび【花火】煙火

例 火が消えていますよ。もう一度、火をつけてください。

火熄滅了，請再點一次火。

0713
☐

ピアノ
【piano】

→ N5 單字

名 鋼琴
衍 ギター【guitar】吉他／ひく【弾く】彈奏

例 林（はやし）さんはピアノも弾（ひ）けるし、曲（きょく）も作（つく）れます。

林先生既會彈鋼琴，又會作曲。

0714
☐

ひえる
【冷える】

自II 變冷，冷卻
衍 さむい【寒い】冷的／つめたい【冷たい】冰涼的

例 冷（ひ）えたビールはおいしいです。　冰啤酒好喝。

0715
☐

ひかり
【光】

名 光

例 田舎（いなか）に行（い）くと、月（つき）や星（ほし）の光（ひかり）が明（あか）るいです。

如果去到鄉下，月光和星光會很明亮。

0716
☐

ひかる
【光る】

自I 亮，發亮
反 きえる【消える】（電燈等）關著；熄滅

例 ケータイのランプが光（ひか）っていますから、まだ、充電中（じゅうでんちゅう）です。

手機的燈亮著，還在充電中。

0717
□ ひきだし
【引き出し】

名 抽屜；提款
彷 ひきだす【引き出す】拉出，抽出；提款

例 この引き出しは開けにくいです。　這個抽屜很難開。

0718
□ ひく
【引く】

他Ⅰ 拉；翻查（字典）；患（感冒）　→ N5 單字
反 おす【押す】推；按，壓；蓋（章）

例 このレバーを引くと、水が流れます。　一拉把手，水就會流。

┌─ 出題重點 ─

▶固定用法　辞書を引く　翻查字典
例 辞書を引いてことばの意味を調べます。　翻字典查詢字義。

0719
□ ひげ
【髭】

名 鬍鬚
彷 かみのけ【髪の毛】（一根根）頭髮

例 彼女は、髭のある男の人はかっこいいと言っていました。

女朋友提到有鬍鬚的男人很帥。

鬍鬚

ひげが濃い
鬍鬚濃密

ひげを剃る
刮鬍鬚

0720
□ ビザ
【visa】

名 簽證
類 さしょう【査証】簽證

例 日曜日にビザを取りに大使館へ行かなければなりません。

星期日必須去大使館領取簽證。

0721
□ ひさしぶり
【久しぶり】

名 相隔許久
彷 さっき 方才

例 先週、久しぶりにカラオケに行きました。　我上星期難得去KTV。

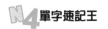

出題重點

▶固定用法　お久しぶりです。　　好久不見（久別重逢的問候語）

0722
□ びじゅつかん
【美術館】

名 美術館
衍 はくぶつかん【博物館】博物館

例 ここに 新しい 美術館を建てることになりました。

這裡要蓋新的美術館了。

0723
□ ひじょうに
【非常に】

副 非常，十分
類 とても 非常

例 初級の日本語文法は非常に大切ですから、何度も練習したほうが

いいです。　　因為初級日語文法非常重要，所以多練習幾次比較好。

0724
□ びっくり

自Ⅲ 嚇一跳，吃驚
類 おどろく【驚く】驚嚇

例 いじめのニュースを見てびっくりしました。

我看到霸凌的新聞，嚇了一跳。

0725
□ ひっこし
【引っ越し】

名・自Ⅲ 搬家；遷移
衍 はこぶ【運ぶ】搬，搬運；運送

例 1日で引っ越しの片付けをするのは無理です。

整理搬家不可能1天就完成。

0726
□ ひっこす
【引っ越す】

自Ⅰ 搬家
衍 うつる【移る】移動

例 子供のために郊外に引っ越すことにしました。

為了小孩，決定搬到郊外。

0727
□ ひつよう（な）
【必要（な）】

名・な形 需要，必要
衍 いる【要る】需要

例 図書館カードを作るのに何が必要ですか。　　辦借書證需要什麼？

0728 ビデオ
【video】

名 影片

類 どうが【動画】動畫

→ N5 單字

例 旅行中に撮ったビデオを友達に見せてあげました。

我將旅行中拍攝的影片給朋友看了。

0729 ひどい
【酷い】

い形 嚴重的，厲害的；糟糕的（多用於負面）

類 すごい 厲害的（表示感嘆或佩服）

例 ひどい風邪を引いてしまったので、今日はバイトを休ませてください。

すみません。　因為患了重感冒，所以今天打工請讓我請假。不好意思！

0730 ひも
【紐】

名 繩子

類 いと【糸】線／はり【針】針

例 このひもを引くと、カーテンが閉まります。

一拉這條繩子，窗簾就會關閉。

0731 ひやす
【冷やす】

他I 冰鎮；使～涼下來

類 つめたい【冷たい】冰涼的

例 このお菓子は冷蔵庫で冷やすと、おいしくなります。

這個甜點放入冰箱冷藏會更好吃。

0732 びよういん
【美容院】

名 美容院

類 びようしつ【美容室】美容室

例 私は3ヶ月に1回、美容院に行きます。　我3個月去美容院1次。

出題重點

▶搶分關鍵　美容院 VS 病院

「美容院」的發音為「びよういん」，「病院」的發音則為「びょういん」，

要注意避免混淆。

0733 ひらく
【開く】

自他I 打開

類 あける【開ける】開（門、窗）

例 ドアが開きます。ドアのそばに立たないでください。

門要開了。請勿站在門邊。（電梯廣播）

例 テキストの10ページを開いてください。　請打開課本的第10頁。

0734
□

ビル
【building】

名 大樓
衍 たてもの【建物】建築物，房屋

例 うちのオフィスが駅の近くのビルに移ることになりました。

我們的辦公室要遷移到車站附近的大樓。

0735
□

ひるま
【昼間】

名 白天
衍 ばん・よる【晚・夜】晚上

例 昼間は大学に行って、夜はバイトします。　白天去大學上課，晚上打工。

0736
□

ひるやすみ
【昼休み】

名 午休
衍 きゅうけい【休憩】休息

→ N5 單字

例 私の会社の昼休みは1時間です。　我們公司的午休時間是1個小時。

0737
□

ひろう
【拾う】

他I 撿，拾
反 すてる【捨てる】丟掉

例 彼は拾ったお金をそのまま自分のものにしてしまいました。

他把撿到的錢就這樣佔為己有了。

0738
□

ひろさ
【広さ】

名 面積；寬度
衍 たかさ【高さ】高度／ながさ【長さ】長度

例 私の部屋の広さはこの部屋とだいたい同じです。

我的房間面積和這間房間差不多一樣。

0739
□

びん
【瓶】

名 瓶子
衍 かん【缶】罐子

例 瓶や缶をここに捨てないでください。

請勿將瓶瓶罐罐丟在這裡。（貼紙標語）

ふ／フ

0740
□
🔊
33

ふうふ
【夫婦】

名 夫妻
衍 カップル 情侶 ／おやこ【親子】親子

例 私たちは結婚して夫婦になりました。　我們結婚成為夫妻了。

0741 ファイル
【file】

图 文件夾；電子資料夾

例 なくさないように、資料 をファイルに入れておいてください。

為了不遺失，請先將資料放入文件夾。

0742 ふえる
【増える】

自Ⅱ 増加
反 へる【減る】減少

例 家族が増えたから、もっと広い部屋に引っ越したいです。

因為家族成員增加了，所以想搬到更寬敞的屋子。

0743 ふかい
【深い】

い形 （深度、程度）深的　　→ N5 單字
反 あさい【浅い】（深度、程度）淺的

例 この川は深いですから、危険です。　　這條河很深，很危險。

0744 ふく
【吹く】

自Ⅰ 刮（風）　　→ N5 單字

例 強い風が吹いていますが、電車は遅れていないようです。

刮著強風，但是電車好像沒有延誤。

0745 ふくざつ（な）
【複雑（な）】

な形 複雜
反 かんたん(な)【簡単(な)】簡單

例 日本語の敬語 はルールが複雑なので、理解しにくいです。

因為日文敬語的規則複雜，所以很難理解。

0746 ふくしゅう
【復習】

名・他Ⅲ 複習
反 よしゅう【予習】預習

例 あんなに復習したのに、ひどい点数を取ってしまいました。

那樣複習了，卻得到糟糕的分數。

0747 ふくろ
【袋】

图 袋子
衍 かばん【鞄】皮包，提包

例 パン屋の店員さんはパンを１つ１つ 袋 に入れてくれました。

麵包店的店員幫我將麵包1個1個裝進袋子。

0748
□ ぶちょう
【部長】

图 經理

例 部長は誕生日祝いにネクタイをくださいました。

經理送給我領帶，當作生日賀禮。

職場位階

とりしまりやく
取締役
董事

しゃちょう
社長
總經理，老闆

ぶちょう
部長
經理

かちょう
課長
課長，科長

かかりちょう
係長
小組長

ひらしゃいん
平社員
一般員工

はけんしゃいん
派遣社員
派遣員工

0749
□ ふつう
【普通】

图·副 普通；平常
反 とくべつ（な）【特別（な）】 特別

例 その旅館は、部屋は普通でしたが、料理はとてもおいしかったです。

那間旅館的房間很普通，但是料理非常美味。

例 うちから会社まで普通、1 時間ぐらいかかります。

從我家到公司平常要花 1 個小時左右。

0750
□ ぶっか
【物価】

图 物價
街 ねだん【値段】 價錢，價位

例 A：台湾はどんなところですか。 臺灣是什麼樣的地方？

B：そうですね。物価が安くて、人が親切ですよ。

嗯，物價便宜，人民很親切。

0751
☐ ぶつかる

|自I| 碰撞
|類| あたる【当たる】碰撞；中獎

例 急に車のドアが開いて、バイクがぶつかってしまいました。
きゅう くるま あ

汽車門突然打開，和機車相撞了。

0752
☐ ぶどう
【葡萄】

|名| 葡萄
|衍| くだもの【果物】水果

例 葡萄とパイナップルと、どちらが好きですか。
ぶ どう す

葡萄和鳳梨，比較喜歡哪一個？

0753
☐ ふとる
【太る】

|自I| 胖
|反| やせる【痩せる】瘦

例 母は若いときは６０キロでした。今ほど太っていませんでした。
はは わか ろくじゅっ いま ふと

我媽媽年輕時 60 公斤，不像現在這麼胖。

┌─ 出題重點 ─────────────────────────┐

▶**文法　ＡはＢほど～ないです／ません　Ａ沒有Ｂ那麼** → 0777 出題重點
表示以 B 為基準，A 在基準之下。

└──────────────────────────────┘

0754
☐ ふね
【船】

|名| 船　　　　　　　　　　　→ N5 單字

例 最近、船で海外旅行に行く人は珍しいです。
さいきん ふね かいがいりょこう い ひと めずら

最近搭船去海外旅行的人很罕見。

交通運輸

船便
ふなびん
海運

宅配便
たくはいびん
宅急便

航空便
こうくうびん
空運

0755 ふべん (な)
【不便 (な)】
- な形 不方便 → N5 單字
- 反 べんり(な)【便利 (な)】方便

例 この町は交通が不便だけど、風景はきれいだよ。

這個城鎮交通不方便，但是風景很漂亮。（朋友間對話）

0756 ふむ
【踏む】
- 他I 踩

例 電車の中で誰かに足を踏まれました。　在電車內不知被誰踩到腳。

0757 プレゼント
【present】
- 名・他III 禮物；送禮 → N5 單字
- 衍 おみやげ【お土産】土産，伴手禮

例 母の日に何をプレゼントしますか。　母親節你要送什麼禮物？

0758 ブログ
【blog】
- 名 部落格
- 衍 ホームページ・ウェブサイト 官網

例 彼は入院しても、毎日ブログを書き続けています。

他即使住院，也每天持續寫部落格。

0759 ぶんか
【文化】
- 名 文化
- 衍 しゅうかん【習慣】習慣

例 私はベトナムの文化に興味があります。

我對越南文化有興趣。

0760 ぶんがく
【文学】
- 名 文學
- 衍 にほんぶんがく【日本文学】日本文學

例 日本文学は非常に面白いと思います。　我覺得日本文學非常有趣。

0761 ぶんぽう
【文法】
- 名 文法
- 衍 ぶんけい【文型】句型

例 兄はアメリカの大学院に入って、英語の文法を研究しています。

哥哥上美國的研究所，在研究英文文法。

▶へ／ヘ

0762
□
🔊
34
べつ
【別】
名 其他
衍 べつべつ【別々】分開

例 その話を別の友達にも聞きました。

我從其他朋友那裡也聽說了那則消息。

0763
□
べつに
【別に】
副 特別地（後接否定）

例 ハンバーガーは別に好きでも嫌いでもありません。

我對於漢堡沒有特別地好惡。

0764
□
へる
【減る】
自I 減少
反 ふえる【増える】増加

例 この県の人口は3年前に比べてかなり減りました。

這個縣的人口與3年前相比減少了許多。

0765
□
へん（な）
【変（な）】
な形 奇怪的，不尋常的
類 おかしい 奇怪的；不合邏輯的

例 このチーズは、ちょっと変な味がします。　這塊起司味道有點怪。

0766
□
へんじ
【返事】
名・自III 回答；回信

例 すぐにお返事ができないので、少し考えさせてください。

因為我無法馬上回答，請讓我稍微思考一下。

▶ほ／ホ

0767
□
🔊
35
〜ほう
【〜方】
名 〜方向；〜方面
衍 ほうこう【方向】方向
→ N5 單字

例 皆さん、左のほうを見てください。　各位，請看左方。

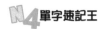

方位

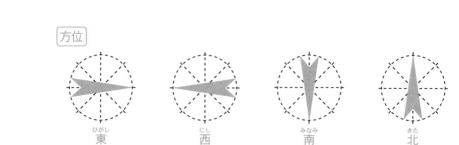

ひがし 東	にし 西	みなみ 南	きた 北
東	西	南	北

0768 ☐ ぼうえき
【貿易】
名・自Ⅲ 貿易
衍 ゆにゅう【輸入】進口

例 日本はいろいろな国と貿易をしています。　日本和各國在進行貿易。

0769 ☐ ほうそう
【放送】
名・他Ⅲ 播放
衍 ライブ【live】實況轉播；演唱會

例 今テレビでバスケの試合が放送されています。

現在電視在播放籃球比賽。

0770 ☐ ほうりつ
【法律】
名 法律
衍 ルール【rule】規定

例 どんな人でも法律を守らなければなりません。

無論什麼人都必須遵守法律。

0771 ☐ ぼく
【僕】
代 我（男性自稱）

例 僕は南アフリカに行ったことがあります。　我曾經去過南非。

0772 ☐ ほけん
【保険】
名 保険
衍 ほけんしょう【保険証】保險證

例 旅行の前に保険に入ったほうがいいですよ。　旅行前加入保險比較好。

0773 ☐ ほし
【星】
名 星星
衍 つき【月】月亮；（1）個月

例 今日は曇っていてちっとも星が見えません。

今天是陰天，一點也看不到星星。

ほ

0774
ほしがる
【欲がる】

他Ⅰ 想要（主語為第2、3人稱）
衍 〜がる 想〜（主語為第2、3人稱）

例 娘にずっと欲しがっていたスマホを買ってあげました。

買給女兒一直想要的智慧型手機。

| 出題重點 |

▶ 文法　N をほしがる VS N がほしい

「N をほしがる」表示他人的感覺、情感，主語為第2、3人稱，前方使用助詞「を」。「N がほしい」則表示說話者的願望，主語為說話者本身，「ほしい」前方使用助詞「が」。

例 彼は腕時計をほしがっています。　他想要手錶。
例 私は腕時計がほしいです。　我想要手錶。

0775
ポスター
【poster】

名 海報

例 テープでポスターを壁に貼ったら、すぐにとれてしまいました。

用膠帶將海報貼到牆上，馬上就脫落了。

0776
ほぞん
【保存】

名・他Ⅲ 保存，儲存
反 さくじょ【削除】刪除

例 データが壊れるかもしれませんから、USB メモリにも保存しておきました。

因為資料可能會毀損，所以也先儲存在 USB 記憶體了。

0777
〜ほど

助 〜程度；大概〜，大約〜
衍 〜ぐらい 〜左右；大約〜

例 今日は昨日ほど風が強くないです。　今天沒有昨天（程度）風那麼大。

| 出題重點 |

▶ 文法辨析　A は B ほど〜ない VS A は B より〜

「A は B ほど〜ない」隱含有 A、B 皆為如此，但彼此做比較。「A は B より〜」為兩者單純進行比較。

例 沖縄は台湾ほど暑くないです。　沖繩沒有臺灣那麼熱。
例 台湾は沖縄より暑いです。　臺灣比沖繩熱。

187

0778
☐ ほとんど

副 幾乎完全（否定句）；幾乎（肯定句）
衍 ちっとも 一點也（不）

例 金さんは食べるのが好きですが、ほとんど運動しません。

金先生愛吃，但是幾乎完全不運動。

0779
☐ ほめる
【褒める】

他Ⅱ 讚美
反 しかる【叱る】責罵

例 先生に褒めてもらってうれしいです。　很高興獲得老師讚美。（剛被稱讚）

0780
☐ ボランティア
【volunteer】

名 志工服務；義工，志願者

例 A：夏休みは何か予定がありますか。　暑假有什麼計畫嗎？
　　B：海外でボランティアをするつもりです。　我打算在海外做志工服務。

0781
☐ ほんやく
【翻訳】

名・他Ⅲ 翻譯
衍 つうやく【通訳】口譯；口譯人員

例 彼女はフランス語を韓国語に翻訳することができます。

她能將法文翻譯成韓文。

ま／マ

0782
☐
🔊
36

まいる
【参る】

| 自I | 來；去（「行く、来る」謙讓語） |
| 衍 | いらっしゃる［尊］來；去；有；在 |

例 A：いつ日本にいらっしゃったんですか。　您什麼時候來到日本？
　　B：3ヶ月前に参りました。　3個月前來的。

0783
☐

まがる
【曲がる】

| 自I | 轉，轉彎；歪 |
| 衍 | まげる【曲げる】弄彎，使～彎曲 |

➡ N5 單字

例 次の交差点を右に曲がってください。　請在下個十字路口向右轉。

例 ネクタイが曲がっていますよ。　你的領帶歪了喔。

0784
☐

まける
【負ける】

| 自II | 輸 |
| 反 | かつ【勝つ】贏，獲勝 |

例 試合には負けましたが、いい経験になりました。

雖然輸了比賽，但是變成好的經驗。

0785
☐

まご
【孫】

| 名 | （自己的）孫子；外孫 |
| 衍 | おまごさん【お孫さん】（別人的）孫子；外孫 |

例 そちらはお孫さんですか。おいくつですか。

那位是您的孫子嗎？多大了？

0786
☐

まじめ（な）
【真面目（な）】

| な形 | 認真 |
| 衍 | いいかげん（な）【いい加減（な）】適可而止；敷衍 |

例 弟は仕事に真面目な男です。　弟弟是對工作認真的男人。

例 笑っていないで、真面目にやりなさい。　不要笑，認真做。

0787
☐

まず
【先ず】

| 副 | 首先 |
| 衍 | つぎに【次に】其次 |

例 まず卵を入れて、それからご飯を入れてください。

請先放入蛋，然後放入飯。

0788 また
☐
副 再；還有，且
類 もういちど【もう一度】再1次
→ N5 單字

例 また台北へ行きたいです。　我想再去臺北。

0789 まだ
☐
副 還；還沒，尚未
反 もう 已經
→ N5 單字

例 このパソコンはまだ使っているので、電源を切らないでください。

這臺電腦還在使用，請不要關閉電源。

出題重點

▶文法　まだ V－ている　還

表示仍持續著同樣的狀態。「まだ V－ていた」表示過去的狀態曾經持續
過。

例 A：去年、みんなでハイキングに行ったんです。

去年大家還一起去遠足。

　B：ああ、お祖母さんがまだ生きていたころですね。

啊！當時祖母還健在。

▶文法　まだ～ていない　還沒

表示預定的事情尚未進行，或是尚未完成。

例 A：もう晩ご飯を食べましたか。　已經吃晚餐了嗎？
　B：忙しすぎて、まだ食べていません。　太忙了，還沒吃。

0790 またせる
☐ 【待たせる】
他II 讓您久等了

例 お待たせして大変申し訳ございませんでした。　很抱歉讓您久等了。

0791 または
☐ 【又は】
接續 或是
類 それとも 或是（用於疑問句）

例 会議の時間はメールまたは電話でお知らせください。

開會的時間請以郵件或是電話通知。

▶**文法辨析　または VS それとも　或是**

「または」為書面用語，用於告知對方或是給予指示。「それとも」則較
為口語，用於提出兩種選項詢問對方時。

例　料金は、現金、またはクレジットカードで払えます。

費用可以使用現金或信用卡支付。

例　お飲み物は食事の前ですか。それとも後ですか。

飲料是餐前上呢？或是餐後上呢？

0792
☐ **まちあわせ**
　【待ち合わせ】

名 約定會面
衍 まちあわせる【待ち合わせる】約定會面

例　友達と午後 3 時に梅田駅で待ち合わせをしています。

和朋友約定下午 3 點在梅田車站見面。

0793
☐ **まちがえる**
　【間違える】

他II 弄錯
類 まちがう【間違う】錯誤，不正確

例　簡単な問題を間違えてしまって恥ずかしいです。

弄錯了簡單的問題，覺得不好意思。

0794
☐ **まつり・おまつり**
　【祭り・お祭り】

名 慶典，廟會
衍 いわう【祝う】慶祝

例　札幌の雪祭りはとても有名です。毎年、観光客がたくさん来ます。

札幌的雪祭非常有名。每年都有許多觀光客前來。

0795
☐ **まにあう**
　【間に合う】

自I 趕上
反 おくれる【遅れる】晚，沒趕上；慢，落後

例　早くしないと、コンサートに間に合いませんよ。

如果不快點，就會趕不上音樂會喔！

▶**固定用法　間に合う　趕上**

「趕上」會以「間に合う」表達，而不是「間に合える」。

0796 ~まま
【~儘】

任~狀態持續
衍 そのまま 保持原狀

例 テレビをつけたまま、寝てしまいました。　開著電視就睡著了。

出題重點

▶文法辨析　V－た＋まま VS そのまま

「V－た＋まま」表示沒有發生變化，一直維持不自然的狀態。「そのまま」表示保持原狀，不做改變。

例 窓はそのままにしておいてください。　窗戶請先保持原狀。

0797 まわす
【回す】

他Ⅰ 旋轉，轉動
衍 まわる【回る】轉

例 このつまみを回すと、画面が明るくなります。

一旋轉這個鈕，畫面就會變亮。

0798 まわり
【周り】

名 周圍
衍 となり【隣】隔壁／そば【側・傍】旁邊

例 この池の周りには花がたくさん咲いています。

這個池塘的周圍開著許多花。

例 周りの人に笑われて、とてもつらかったです。

我被周圍的人嘲笑，覺得很難堪。

出題重點

▶搶分關鍵　このへん／そのへん／あのへん

「このへん」為靠近說話者，「そのへん」表示靠近對方，「あのへん」則表示遠離雙方。

0799 まんが
【漫画】

名 漫畫
衍 アニメ【animation】動畫

例 誰がこの漫画を描いたか知っていますか。

你知道這部漫畫是誰畫的嗎？

0800
☐
<u>ま</u>んなか
【真ん中】

图 正中間
衍 みぎ【右】右／ひだり【左】左

例 写真の真ん中に立っている人は誰ですか。

照片裡站在中間的那位是誰？

▼み／ミ

0801
☐
🔊
37
<u>みえ</u>る
【見える】

自Ⅱ 看得見
衍 きこえる【聞こえる】聽得見

例 あの山は形が象のように見えます。　那座山的形狀看起來像大象。
例 祖父の家の窓から富士山が見えます。　從爺爺家的窗戶看得見富士山。

┌─ 出題重點 ─────────────────────

▶**詞意辨析　見える VS 見られる**

「見える」表示景象自然地映在眼中，「見られる」則表示在某種狀態下
能看到。

0802
☐
<u>みず</u>うみ
【湖】

图 湖泊
衍 いけ【池】池塘

例 A：日本で一番大きい湖はどこですか。　日本最大的湖泊是哪裡呢？
　 B：琵琶湖です。　是琵琶湖。

┌─ 出題重點 ─────────────────────

▶**搶分關鍵　みずうみ VS こ**　　　　→ 0808 出題重點

「湖」單純表示湖泊時讀音為「みずうみ」。接續於湖泊名稱後方時讀音
為「こ」，例如「琵琶湖」讀音為「びわこ」。

0803
☐
<u>み</u>そ
【味噌】

图 味噌
衍 みそしる【味噌汁】味噌湯

例 毎朝、味噌汁を飲むことにしています。味噌は体にいいですから。

我每天早上習慣喝味噌湯，因為味噌對身體好。

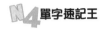

0804
☐ みつかる
【見つかる】

自I 找到

衍 さがす【探す・捜す】尋找；搜尋

例 何度も探しましたが、かばんに入れた財布が見つかりません。落としたかもしれません。

找了好幾次，但是找不到放在包包裡的錢包。可能掉了。

0805
☐ みつける
【見つける】

他II 找，尋找

衍 はっけんする【発見する】發現

例 あの人が私のバッグを見つけてくれました。　那個人幫我找到了包包。

0806
☐ みどり
【緑】

名 綠色；綠意　　　　　　　　　　➔ N5 單字

例 私は妹に緑のスカートをあげました。　我給了妹妹綠色的裙子。

例 ここは昔、緑の多い公園だったそうです。

據說這裡從前是綠意盎然的公園。

0807
☐ みんな・みな
【皆】

名・副 大家；全部　　　　　　　　➔ N5 單字

衍 みなさん【皆さん】各位

例 みんな、早く来てください。今からパーティーが始まりますよ。

大家請快點過來。現在派對要開始了喔！

例 この店の料理はみんな安くておいしいです。

這間店的料理全部都便宜又好吃。

> 出題重點
>
> **▶搶分關鍵　みんな VS みな**
>
> 「皆」發音有「みんな」、「みな」2種，書面用語大多寫為漢字「皆」，讀音為「みな」。而「みんな」則用於普通體的文章，或是口語對話中。

0808
☐ みなと
【港】

名 港口

例 友達が乗っている船は、今、港に着いたばかりです。

朋友搭乘的船，現在剛抵達港口。

▶搶分關鍵　音讀 VS 訓讀

部分漢字有「音讀」、「訓讀」不同的讀音。「音讀」是由中文漢字讀音演變而來，多與其他漢字組成複合名詞、專有名詞，例如：「横浜港（こう）」、「先進国（こく）」、「学生数（すう）」。「訓讀」則是日文原有的發音，多為可以單獨使用的日常用語，例如：「この国（くに）」、「学生の数（かず）」。

例 横浜港までバスで 10 分かかります。　到橫濱港搭公車要花 10 分鐘。

む／ム

0809
むかう
【向かう】

自I 前往

38

例 斎藤さんは飛行機で東京に向かっているはずです。午後から東京で会議がありますから。

齋藤先生應該正搭機前往東京，因為從下午開始要在東京開會。

出題重點

▶固定用法　Nに＋向かっている／行っているところだ

「Nに向かっている」、「Nに行っているところだ」、「Nに来ているところだ」表示正在前往某地途中。如果僅表示「Nに行っている」、「Nに来ている」、「Nに帰っている」，語意不明確，一般會被理解為「仍滯留於某地」。

例 今、ヨーロッパに行っているところです。　現在正前往歐洲。
例 今、ヨーロッパに来ているところです。　現在正前來歐洲。

0810
むかえる
【迎える】

他II 迎接
反 おくる【送る】寄送；送行

例 友達に空港まで迎えに来てもらうことになっています。

我和朋友約好請他來接機。

0811
☐ むかし
【昔】

名・副 過去，從前

衍 むかしばなし【昔話】傳說，故事

例 写真を見て昔のことを思い出しました。　看照片想起了過去的事情。

0812
☐ むこう
【向こう】

名 對面，那邊　　　　　　　　　　→ N5 單字

類 あっち・あちら 那邊

例 ほら、見てください。向こうに海が見えます。

嘿，請看。看得見對面的海。

0813
☐ むし
【虫】

名 蟲，昆蟲

例 夏になると、色々な虫の声が聞こえます。

一到夏天，就能聽到各式各樣的蟲鳴。

例 A：息子さんは今、何をしているんですか。

您的兒子現在正在做什麼？

B：木の上の虫を捕ろうとしているようです。

好像正想要抓樹上的蟲。

出題重點

▶文法　V−（よ）う＋とする　正要，正想要

表示正努力要嘗試某行為。

0814
☐ むすこ
【息子】

名 （自己的）兒子

衍 むすこさん【息子さん】（別人的）兒子

例 A：息子さんは今、何をしているんですか。　您的兒子現在在做什麼？

B：息子は今、区役所で働いています。　我兒子現在在區公所工作。

0815
☐ むすめ
【娘】

名 （自己的）女兒

衍 むすめさん【娘さん】（別人的）女兒

例 娘はいつも「結婚できなくても構わない」と言います。結婚より仕事のほうが好きなんです。

我女兒總是說：「不能結婚沒關係。」比起結婚她更喜歡工作。

▶固定用法

稱呼對方的孩子為「お子さん」、「子供さん」，不可以用「子さん」、「お子供さん」表達。而稱呼對方孫子的「お孫さん」，以及稱呼醫生的「お医者さん」，也不可以省略「お」。

0816
☐
むら
【村】

图 村莊
衍 まち【町】市鎮（規模略大於村莊）

例 私の育った小さな村は、今はもうありません。隣の市の一部になりました。　栽培我長大的小村莊現在已經不在了，變成隔壁城市的一部分。

0817
☐
むり（な）
【無理（な）】

名・な形・自Ⅲ 勉強，難以辦到
衍 むりをする【無理をする】勉強

例 A：今度の週末、海で花火をしませんか。

這週末要不要在海邊放煙火？

B：たぶん無理でしょう。雨だそうですよ。

大概不可能吧！聽說會下雨。

例 食べたくないなら、無理して食べなくてもいいですよ。

不想吃的話，可以不用勉強吃。

▼め／メ

0818
☐
🔊
39
～め
【～目】

接尾 第～（指順序）
衍 ～かい【～回】～次

例 2時間目に経済学の授業があります。　第2堂有經濟學的課程。

0819
☐
め
【目】

图 眼睛　→ N5 單字
衍 めざまし（どけい）【目覚まし（時計）】鬧鐘

例 目覚まし時計が鳴っても、なかなか目が覚めません。

即使鬧鐘響了，也不容易醒來。

▶固定用法　目が覚める　醒來

0820 □
メールアドレス
【mail address】

名 電子郵件地址
類 アドレス【address】電子郵件地址

例 ちょっとメールアドレスを教えていただけませんか。

能告訴我一下電子郵件地址嗎？

0821 □
めしあがる
【召し上がる】

他Ⅰ 吃；喝（「食べる、飲む」尊敬語）
衍 いただく【頂く】[謙]吃；喝；得到

例 課長、京都のお土産です。どうぞ召し上がってください。

課長，這是京都的名產，請享用。

0822 □
めずらしい
【珍しい】

い形 珍奇的，罕見的

例 動物園では珍しい動物を見ることができます。

在動物園可以看到珍奇的動物。

例 藤原さんが授業に遅刻するのは珍しいです。

藤原先生很少上課遲到。

0823 □
メニュー
【(法) menu】

名 菜單

例 あのレストランは1月からメニューが新しくなります。

那間餐廳從1月開始換新菜單。

▶ も／モ

0824 □ 🔊
40
もうしあげる
【申し上げる】

自他Ⅱ 說（「言う」謙讓語）
衍 おっしゃる[尊]說；叫

例 お客様に申し上げます。現在2階の婦人服売り場でバーゲンを行っております。

謹向各位來賓告知，現在2樓的婦女服飾賣場正在舉辦特賣會。

0825 □
もうす
【申す】

自他Ⅰ 叫；說（「言う」謙讓語）   → N5 單字
衍 おっしゃる[尊]說；叫

例 私、竹内と申します。よろしくお願いいたします。

我叫竹內，請多指教。（班級自我介紹）

▶ **詞意辨析　申し上げます VS 申します**

「申し上げます」用於應當要尊敬的對象，可用「申します」代替。「申します」則無此限制，例如自我介紹時也可以使用。另外，「申し上げます」也可以接在「動詞ます形」後方表示尊敬。

例　お願い申し上げます。　　拜託您。

例　お祝い申し上げます。　　祝福您。

▶ **固定用法　申し訳ありません　對不起（鄭重道歉）**

例　A：先日は申し訳ありませんでした。　　前幾天對不起。

　　B：あ、いえいえ。　　啊！別這麼說！

0826

□ もうすぐ

　圖 快要，即將　　　　　　　　　　　→ N5 單字

　類 そろそろ 差不多要，就要

例　もうすぐ冬休みでしょう。娘さん、帰ってくるんですか。

快要寒假了吧？您的女兒會回來嗎？

0827

□ もえる 【燃える】

　自Ⅱ 燃燒

　衍 もやす【燃やす】燒，焚燒

例　ガソリンは燃えやすいですから、近くでタバコを吸わないでください。

因為汽油易燃，所以請勿在附近吸菸。

0828

□ もし

　圖 如果

例　もし明日雨が降ったら、出かけません。　　如果明天下雨的話，就不出門。

0829

□ もちろん 【勿論】

　圖 當然　　　　　　　　　　　　　→ N5 單字

　衍 ぜひ【是非】務必

例　A：来週のクリスマスパーティーに行きますか。

　　你會去下星期的聖誕派對嗎？

　　B：もちろん行きますよ。ずっと楽しみにしていたんです。

　　當然會去啊！我一直很期待。

0830 □
もつ
【持つ】

他Ⅰ 拿；帶；擁有　　　　　　　　→ N5 單字

例 A：鞄を持ちましょうか。　包包我來拿吧！

　　B：ありがとうございます。ではお願いします。　謝謝您，那就麻煩您了。

0831 □
もどる
【戻る】

自Ⅰ 返回，回來

衍 もどす【戻す】歸還；還原

例 A：8月に国に帰ったら、もう日本に戻らないんですか。

　　　8月回國了，就不再返回日本了嗎？

　　B：いいえ、9月になったら、また日本に戻ってきますよ。

　　　不是的，到了9月會再回來日本。

0832 □
もらう
【貰う】

他Ⅰ 收到，得到　　　　　　　　→ N5 單字

衍 いただく【頂く】[謙] 得到；吃；喝

例 要らなくなった家具を友達がもらってくれました。

　　朋友幫我收下不需要的家具。

出題重點

▶文法辨析　もらう VS くれる

「もらう」表示從他人那裡得到，「くれる」則表示他人給我。

例 弟は先生にサインをもらいました。　弟弟從老師那裡拿到了簽名。

例 姉は（私に）おにぎりをくれました。　姊姊給了我飯糰。

▶文法辨析　V－てもらう VS V－てくれる

「V－てもらう」表示請他人做某件事，「V－てくれる」則表示他人為

我做某件事。

例 弟は先生にサインをしてもらいました。　弟弟請老師簽名了。

例 姉は（私に）おにぎりを作ってくれました。　姊姊幫我做了飯糰。

0833
□
🔊
41
やく
【焼く】
他Ⅰ 燒，烤；焚燒
衍 もやす【燃やす】燒，焚燒

例 この魚は、焼いてもいいし、そのまま食べてもおいしいし、みんな大好きです。　這種魚不論用烤的還是就這樣吃都很美味，大家都非常喜歡。

0834
□
やくそく
【約束】
名・他Ⅲ 約定　　　　　→ N5 單字
衍 ようじ【用事】（必須做的）事情

例 明日の朝、約束があるのでもう寝ます。

因為明天早上有約，先睡了。

0835
□
やくにたつ
【役に立つ】
連語 有用，派上用場　　　→ N5 單字
衍 べんり（な）【便利（な）】方便

例 この辞書は漢字を調べるときにとても役に立ちます。

這本字典在查漢字時非常有用。

0836
□
やける
【焼ける】
自Ⅱ 烤（麵包、肉等）；（房子等）起火，燃燒
衍 もえる【燃える】燃燒

例 A：このお肉、食べてもいい？　這塊肉可以吃了嗎？（朋友間對話）

B：まだ焼けてないから、もう少し待って。　還沒烤熟，再等一下。

0837
□
〜やすい
接尾 容易〜（沒有「易しい」的意思）
反 〜にくい 難〜，不易〜

例 おにぎりやパンは持ちやすいし、食べやすいです。

飯糰、麵包既易攜帶又方便吃。

例 姉は太りやすいので、カロリーが高い食べ物を全然食べません。

姊姊因為易胖，所以完全不吃高熱量的食物。

> 出題重點
>
> ▶文法辨析　意志 V－ます＋やすい VS 無意志 V－ます＋やすい
>
> 「やすい」前方接續的是「意志動詞」，表示容易做某動作，如果是「無意志動詞」，則表示某件事容易發生。

0838 ☐
やせる
【痩せる】
自Ⅱ 瘦
反 ふとる【太る】胖

例 A：最近、すごく痩せたよね。何キロ痩せたの？

最近瘦很多啊！瘦了幾公斤？

B：6キロ痩せたのよ。　瘦了6公斤喔！

0839 ☐
やっと
副 終於，總算
衍 とうとう 終於，最終還是

例 6時間かかって、やっとレポートが書き終わりました。

花了6小時，報告終於寫完了。

0840 ☐
やはり
副 果然；還是
類 やっぱり「やはり」的強調說法

例 彼は来ないだろうと思っていましたが、やはり来ませんでした。

想說他應該不會來，果然沒來。

┌─ 出題重點 ─

▶詞意辨析　やはり VS やっぱり

「やっぱり」主要用於口語中，帶有強調語氣，書寫時使用「やはり」。
└─

0841 ☐
やぶる
【破る】
他Ⅰ 弄破
衍 おる【折る】折；折彎

例 子供が図書館の本を破ってしまいました。　小孩弄破了圖書館的書。

0842 ☐
やぶれる
【破れる】
自Ⅱ 破了
衍 おれる【折れる】折斷了；折到

例 弟はたまに破れたシャツを着ています。　弟弟偶爾穿著破掉的襯衫。

0843 ☐
やむ
【止む】
自Ⅰ 停了
反 つづく【続く】持續

例 雨が止むまで、出かけないつもりです。　我打算雨停前不出門。

0844 やめる
□ 【辞める】

他II 辭職；退休

例 上司とケンカして、父は会社を辞めました。

和上司吵架後，我爸爸向公司辭職了。

0845 やめる
□ 【止める】

他II 停止；取消

反 つづける【続ける】繼續，持續

例 病気が治るまで、お酒とタバコを止めたほうがいいですね。

生病痊癒之前，戒掉菸酒比較好。（醫生的建議）

0846 やる
□

他I 做，從事 　　　　　　　→ N5 單字

類 する 做

例 親はいつも私に「早く宿題をやれ」と言います。

父母親總是對我說：「快去做作業。」

出題重點

▶固定用法　宿題をする／やる　做作業

無「宿題を書く」的說法，「書く」用於表示寫字或是繪畫的動作。

0847 やる
□

他I 給（用於給年紀較小、職位低、動植物等）

衍 あげる 給

例 この花にはあまり水をやらないでください。　請不要太常給這種花澆水。

出題重點

▶文法辨析　やる VS あげる VS さしあげる

「やる」用於授予對象地位較低或是動植物時。「あげる」用於授予對象
與給予者雙方地位平等時。「さしあげる」用於授予對象地位較高時。

▶文法　V－てやる

表示為地位較低的人或是動植物做某件事。

例 母は毎日2回犬を散歩に連れて行ってやります。

媽媽每天2次帶狗去散步。

0848
やわらかい
【柔らかい】

い形 軟的

反 かたい【硬い】硬的

例 野菜がやわらかくなったら、塩を入れます。　蔬菜煮軟後，就加入鹽巴。

ゆ／ユ

0849
ゆうはん
【夕飯】

名 晚餐　　　　　　　　　　　　　→ N5 單字

類 ばんごはん【晩ご飯】晚餐

42　例 A：今日の夕飯は何にするんですか。　今天晚餐要吃什麼？

B：そばにします。　我要蕎麥麵。

0850
ゆうべ
【夕べ】

名・副 昨晚　　　　　　　　　　→ N5 單字

衍 こんばん【今晩】今晚／けさ【今朝】今早

例 ゆうべ息子が頭が痛いと言っていたので、薬を飲ませました。

因為昨晚兒子說頭痛，所以讓他吃了藥。

0851
ユーモア
【humor】

名 幽默

衍 おもしろい【面白い】有趣的

例 上田さんはユーモアがある人だと思います。

我覺得上田先生是有幽默感的人。

0852
ゆしゅつ
【輸出】

名・他Ⅲ 出口

例 テレビのニュースによると、北米への車の輸出が減っているそうです。

根據電視新聞，聽說出口北美的汽車正在減少。

0853
ゆにゅう
【輸入】

名・他Ⅲ 進口

衍 ぼうえき【貿易】貿易

例 日本から輸入されたリンゴは値段が高いです。

從日本進口的蘋果價格昂貴。

0854
ゆび
【指】

名 手指

衍 て【手】手

例 昨日猫に親指を噛まれてしまいました。　昨天被貓咬到拇指了。

おやゆび 親指 拇指	ひとさ ゆび 人差し指 食指	なかゆび 中指 中指	くすりゆび 薬 指 無名指	こゆび 小指 小指

0855
☐ **ゆびわ**
　【指輪】

名 戒指
類 けっこんゆびわ【結婚指輪】結婚戒指

例 彼にもらった指輪をなくしてしまいました。でも、このことは秘密です。

我弄丟了他送的戒指。但是，這件事是秘密。

0856
☐ **ゆめ**
　【夢】

名 夢想；夢
類 かなう【叶う】實現（夢想）

例 私の夢はマンガ家になることです。　我的夢想是成為漫畫家。

┌─ 出題重點 ─────────────────────────┐
│ ▶固定用法　夢を見る　做夢 │
│ 例 ゆうべ虫になる夢を見ました。　昨晚夢見自己變成蟲。 │
└──────────────────────────────────┘

よ／ヨ

0857
☐ 🔊
43
ようい
　【用意】

名・他Ⅲ 準備
類 じゅんび【準備】準備

例 A：お皿も用意しますか。　也要準備盤子嗎？

B：それは用意しなくてもいいです。　也可以不要準備。

0858
☐ **ようこそ**

感嘆 歡迎（來訪）
類 いらっしゃいませ 歡迎光臨

例 台湾へようこそ。　歡迎來到臺灣！

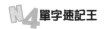

0859 ☐
ようじ
【用事】
名（必須做的）事情
類 よう【用】事情，工作
→ N5 單字

例 これから用事があるなら、早く帰ってもいいですよ。

之後有事的話，可以提早回去喔！

0860 ☐
ようちえん
【幼稚園】
名 幼稚園
衍 ほいくえん【保育園】托兒所

例 娘が幼稚園に行きたがりません。すみませんが、今日は休ませていただ

けますか。　我女兒不想去幼稚園。不好意思，今天能讓我們請假嗎？

──[出題重點]──

▶文法　V－ます＋たがる　想

表示第2、3人稱的希望或要求。

▶文法　V－[a]せ／させ＋ていただけますか　能讓我～嗎？

用於委婉要求對方同意自己的行為。

0861 ☐
よかった
【良かった】
感嘆 太好了

例 A：やっと風邪が治りました。　我感冒終於痊癒了！

　　B：よかったですね。　太好了！

──[出題重點]──

▶固定用法　よかったですね　太好了！

表示對於他人的事情感到很好或是放心。

0862 ☐
よく
副 經常；好好地；很，非常
衍 いつも 總是
→ N5 單字

例 いつも歩いて帰りますが、お酒を飲んだとき、よくタクシーに乗ります。

我總是走路回家，但是喝了酒就經常搭計程車。

例 問題をよく読んでから答えてください。

請仔細看完問題後再回答。

0863 □
よごす
【汚す】

他I 弄髒
衍 あらう【洗う】洗

例 バスで子供に服を汚されました。　在公車上被小孩弄髒了衣服。

0864 □
よごれる
【汚れる】

自II 髒了
衍 きたない【汚い】髒的，骯髒的

例 A：シャツが汚れているよ。　襯衫髒了！（朋友間對話）

　　B：どこ？　哪裡？

0865 □
よしゅう
【予習】

名・他III 預習
反 ふくしゅう【復習】複習

例 授業の前にちゃんと予習しておきました。　上課前確實先預習了。

0866 □
よてい
【予定】

名・他III 預定，計畫
類 スケジュール【schedule】日程，行程

例 来週、日本へ遊びに行く予定です。　我下星期預定去日本玩。

┌─ 出題重點 ─┐

▶文法　V予定だ　預定

用於敘述預定的計畫。

0867 □
よやく
【予約】

名・他III 預訂，預約　　→ N5 單字
反 キャンセル【cancel】取消

例 旅行に行く前に、航空券とホテルを予約しておきました。

　　在去旅遊之前，先預訂了機票和飯店。

0868 □
よる
【寄る】

自I 順道去

例 家へ帰る前に、スーパーに寄りました。　在回家之前，順道去了超市。

0869
☐
よろこぶ
【喜ぶ】

他I 感到高興
衍 うれしい【嬉しい】高興的

例 彼はやっと仕事が見つかって、とても喜んでいるそうです。

聽說他終於找到工作，感到非常高興。

0870
☐
よろしい

い形 可以的，沒關係
類 いい 可以的

例 A：すみません。ここに座ってもよろしいですか。

不好意思，我可以坐這嗎？

B：ええ、どうぞ。　可以，請坐。

┌─ 出題重點 ─────────────────────────────

▶文法辨析　V－てもよろしいですか VS V－てもいいですか　可以嗎？

兩者皆表示請求許可。「V－てもよろしいでしょうか」、「V－てもよ
ろしいですか」皆用於對方地位較高，或是關係較不熟稔時，例如老師、
同學。「V－てもいいですか」也可用於以上情況，但是對於較為年長的
教師，建議還是使用「V－てもよろしいでしょうか」，或是「V－ても
よろしいですか」。朋友間的對話，則可使用「V－てもいい？」。

└─────────────────────────────────────

0871
☐
よわい
【弱い】

い形 弱的
反 つよい【強い】強的

→ N5 單字

例 彼は体が弱いので、よく学校を欠席します。

他因為身體虛弱，所以經常上課缺席。

▶ ら／ラ

0872 ライター
【lighter】

□
44

名 打火機

例 子供にはライターを使わせないでください。

請不要讓小孩用打火機。

0873 らく（な）
【楽（な）】

□

な形 輕鬆
反 たいへん（な）【大変（な）】辛苦；非常，很

例 この仕事は楽な仕事ですが、給 料 が安いです。

這份工作雖然輕鬆，但是薪水很少。

0874 ラッシュ
【rush】

□

名 （上下班）交通尖峰時段
衍 じゅうたい【渋滞】塞車

例 新 宿 駅は朝のラッシュがひどいです。

新宿車站早上的交通尖峰時段很壅塞。

▶ り／リ

0875 りこん
【離婚】

□
45

名・自Ⅲ 離婚
反 けっこん【結婚】結婚

例 ５０歳を過ぎて離婚する人が増えています。

年過50歲而離婚的人正在增加。

0876 リビング
【living room】

□

名 客廳

例 うちではいつもリビングでテレビを見ながら食 事をします。

我家總是在客廳邊看電視邊吃飯。

家

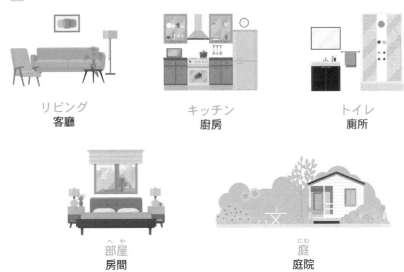

リビング 客廳	キッチン 廚房	トイレ 廁所

へや 部屋 房間	にわ 庭 庭院

0877
☐ リモコン
【remote control】

名 遙控器

例 エアコンを消^けしますから、リモコンを取^とってください。

我要關冷氣，請給我遙控器。

家電

リモコン 遙控器	せんたくき 洗濯機 洗衣機	せんぷうき 扇風機 電風扇	れいぞうこ 冷蔵庫 冰箱	オーブン 烤箱

0878
☐ りゅう
【理由】

名 理由
類 げんいん【原因】原因

例 私^{わたし}が会社^{かいしゃ}を辞^やめる理由^{りゆう}は日本^{にほん}への留学^{りゅうがく}です。

我向公司辭職的理由是要去日本留學。

0879 □ りよう
【利用】

名・他Ⅲ 使用，利用
類 つかう【使う】使用，利用

例 この図書館は7時まで利用することができます。

這間圖書館可以使用到7點。

0880 □ りょうがえ
【両替】

名・他Ⅲ 兌幣，換錢，換匯
類 おかねをかえる【お金を換える】換錢

例 日本円が必要な場合は、空港で両替できます。

如果需要日幣的話，可以在機場兌幣。

金融相關

両替	暗証番号	貯金	クレジットカード	通帳記入
兌幣	密碼	存款	信用卡	存摺補登

0881 □ りょうほう
【両方】

名・副 兩件事物；雙方
類 どちらも 兩者都 反 かたほう【片方】單方

例 緑のコートも黒のコートもほしかったので、両方買いました。

因為綠色和黑色的的大衣都想要，所以兩件都買了。

0882 □ りょかん
【旅館】

名 旅館
衍 ホテル【hotel】飯店

例 ホテルより旅館に泊まりたいです。　比起飯店我想住旅館。

▶ る／ル

0883 □ 🔊 46

ルール
【rule】

名 規定
衍 きそく【規則】規則／きまり【決まり】規則

例 この公園では<u>ルール</u>を守って子供を遊ばせてください。

帶小孩玩耍請遵守公園的規定。

0884 □

るす
【留守】

名 不在家
衍 るすばん【留守番】看家

例 A：鈴木さんは今日<u>留守</u>でしょうか。 鈴木先生今天不在家吧？

B：<u>留守</u>のはずです。電話に出ませんから。 應該不在家，因為沒接電話。

▶ れ／レ

0885 □ 🔊 47

れい
【例】

名 例子，範例
衍 れいぶん【例文】例句

例 その単語の使い方がわからないので、<u>例</u>を出していただけませんか。

因為我不知道那個單字的用法，能請您舉例嗎？

0886 □

れいぼう
【冷房】

名 冷氣
反 だんぼう【暖房】暖氣

例 <u>冷房</u>をつけたのに、ちっとも涼しくならないと思ったら、暖房でした。

想說明明開了冷氣，卻覺得一點都沒變涼，原來開成暖氣了。

0887 □

レインコート
【raincoat】

名 雨衣
類 かっぱ【合羽】雨衣

例 雨が降っているときは、<u>レインコート</u>を着てバイクに乗ります。

在下雨時，穿雨衣騎機車。

0888 □

れきし
【歴史】

名 歴史
衍 せかいし【世界史】世界史

例 A：お宅には<u>歴史</u>の本がたくさんありますね。 您家裡有許多歷史書呢！

B：兄が<u>歴史</u>に興味があるんです。 我哥哥對歷史有興趣。

0889 レジ
【register】

名 收銀臺
衍 かいけい【会計】結帳

例 この本屋は広すぎて、レジがどこか分かりません。

這間書店太寬敞了，不知道收銀臺在哪。

0890 レシート
【receipt】

名 發票
衍 りょうしゅうしょ【領収書】收據

例 A：ありがとうございます。 6 2 4円のお釣りでございます。

謝謝您，找您624日圓。

B：ありがとうございます。レシートは結構です。

謝謝您，不用發票。

0891 レバー
【lever】

名 把手
衍 ボタン【button】按鈕，開關

例 このレバーを引くと、シートが倒れます。 一拉把手，座椅就倒下。

0892 レポート
【report】

名 報告
衍 ろんぶん【論文】論文

例 A：レポートは金曜日に出してもいいですか。 報告可以星期五交出嗎？

B：ダメです。木曜までに出してください。 不行，請在星期四之前交出。

0893 れんきゅう
【連休】

名 連假
衍 ゴールデンウィーク 黃金週

例 連休に車を貸してもらえませんか。友達と海に行きたいんです。

連假時能將車借給我嗎？我想和朋友去海邊。

0894 れんらく
【連絡】

名・自他Ⅲ 聯絡

例 空港に着いたら、連絡してください。すぐ迎えに行きます。

抵達了機場，請聯絡我。我會馬上去接您。

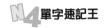

ろ／ロ

0895
□

ろうか
【廊下】

名 走廊

→ N5 單字

48

例 廊下を走らないでください。　請勿在走廊上奔跑。

0896
□

ろくおん
【録音】

名・他Ⅲ 錄音
延 ろくが【録画】錄影

例 シー。今、インタビューを録音しているところです。静かにしてください。

嘘！現在正在錄音採訪，請保持安靜。

0897
□

ろんぶん
【論文】

名 論文
延 そつろん【卒論】畢業論文

例 このタイトルの論文を探しているんですが、どうやって探せばいいですか。

我在找這種標題的論文，應該怎麼找呢？

筆記區

214

わ／ワ

0898 わかす【沸かす】
他I 燒開
衍 わく【沸く】燒開了；沸騰

例 みんなが使いますから、やかんでお湯をたくさん沸かしておきます。

因為大家都要使用，所以先用水壺燒很多開水備用。

0899 わかれる【別れる】
自II 分手；分開，分離
反 つきあう【付き合う】交往；陪同

例 A：あの2人が別れたのを知っていますか。　你知道那2個人分手了嗎？
　　B：彼が仕事を辞めたのが原因だそうです。　聽說原因是男方將工作辭掉。
例 帰る途中、あの交差点で友達と別れました。

回家途中，在那個十字路口和朋友分開了。

0900 わかれる【分かれる】
自II 分開

例 生徒60人が2組に分かれて見学します。

學生60人分為2組參觀學習。

0901 わく【沸く】
自I 燒開了；沸騰

例 A：お湯を沸かしてください。　請燒開水。
　　B：もう沸いていますよ。　已經燒開了喔！

0902 わける【分ける】
他II 分，分割

例 この薬を1日2～3回に分けて飲んでください。

請每日分2～3次服用此藥。

0903 わすれもの【忘れ物】
名 遺忘物品；遺失物
類 おとしもの【落とし物】遺失物

例 電車に忘れ物をしてしまいました。忘れ物センターに電話してみようと思います。　我將東西遺忘在電車上了，想打電話去遺失物中心找找看。

0904
□

わたす
【渡す】

他I 交給，遞交　　　　　　　　　→ N5 單字

類 あげる 給

例 欠席した人に今日のプリントを渡してもらえますか。

能幫我將今天的講義交給缺席的人嗎？

0905
□

わたる
【渡る】

自I 過（橋、馬路）；渡（海、河）　→ N5 單字

衍 とおる【通る】通過，過

例 小学校はその橋を渡ったら、すぐです。　過了那座橋，就是小學了。

0906
□

わらう
【笑う】

自他I 笑；嘲笑

反 なく【泣く】哭

例 父は面白いことを言ってよくみんなを笑わせます。

我爸爸經常說有趣的事，逗大家笑。

0907
□

わる
【割る】

他I 打碎，弄碎；分，切

例 手が滑ってカップを割ってしまいました。　手一滑，將杯子打碎了。

0908
□

わるい
【悪い】

い形 抱歉，對不起；壞的　　　　　→ N5 單字

衍 もうしわけない【申し訳ない】對不起

例 A：悪いけど、テレビの音を小さくしてくれない？（朋友間對話）

　　對不起，幫個忙，可不可以將電視的聲音關小一點？

　　B：分かった。　好的。

出題重點

▶固定用法　悪いけど　抱歉

用於朋友、家人間，提出希望對方配合的請求，而表示歉意。如果與對方
關係不親近的話，則會使用「すみませんが」。

0909
□

われる
【割れる】

自II 碎了

例 地震で家の窓ガラスが割れてしまいました。

因為地震，家裡的玻璃窗碎了。

附 錄

招呼語

平常問候

Ａ：お元気_{げんき}ですか。　你好嗎？

Ｂ：おかげさまで、とても元気_{げんき}です。　託您的福，我很好。

久違問候

Ａ：お久_{ひさ}しぶりです。お元気_{げんき}ですか。　好久不見，最近好嗎？

Ｂ：はい、おかげさまで、元気_{げんき}です。　託您的福，我很好。

出門

Ａ：行_いってきます。　我出門了。

Ｂ：いってらっしゃい。　路上小心。（請慢走）

回家

Ａ：ただいま（帰_{かえ}りました）。　我回來了。

Ｂ：お帰_{かえ}り（なさい）。　歡迎回來。

拜訪

Ａ：どうぞお上_あがりください。　請進。

Ｂ：じゃ、お邪魔_{じゃま}します。　那麼，打擾了。

下班

Ａ：お先_{さき}に失礼_{しつれい}いたします。　我先走了。

Ｂ：お疲_{つか}れ様_{さま}でした。　今天辛苦了。

Ａ：気_きをつけて帰_{かえ}ってください。　回家請小心。

Ｂ：はい、ありがとうございます。お邪魔_{じゃま}しました。　好的，謝謝您。打擾您了。

祝福

Ａ：おめでとうございます。　恭喜您！（用於考試合格、入學、畢業、生產、生日、結婚）

Ｂ：ありがとうございます。　謝謝您。

新年祝福

よいお年_{とし}を。　新年快樂。（用於年末）

明_あけましておめでとうございます。　新年快樂。（用於年初）

道歉

Ａ：先日_{せんじつ}は、申_{もう}し訳_{わけ}ありませんでした。　前幾天非常抱歉！

Ｂ：あ、いえいえ。　啊，沒關係。

關心
Ａ：どうぞお大事に。　　請多保重。（慰問病人）
Ｂ：ありがとうございます。　　謝謝您。

點餐
Ａ：オムレツを１つください。　　請給我蛋包飯１份。
Ｂ：はい、かしこまりました。　　好的。

用餐
いただきます。　　我不客氣了。（表示開動）
ご馳走さまでした。　　多謝款待。

結帳
これでお願いします。　　麻煩用這個結帳。（表示用信用卡或電子錢包等結帳）
別々でお願いします。　　請幫我們分開結帳。

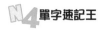

向他人提到自己的家人

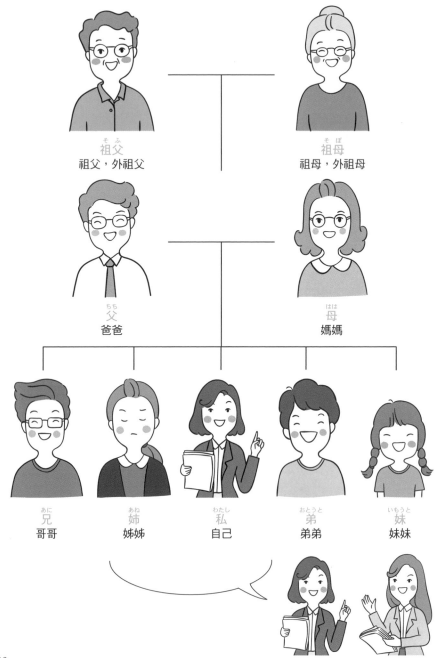

稱呼他人的家人

おじいさん
祖父，外祖父

おばあさん
祖母，外祖母

お父さん
爸爸

お母さん
媽媽

お兄さん
哥哥

お姉さん
姊姊

弟さん
弟弟

妹さん
妹妹

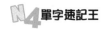

主題單字

服飾			飾品		
うわぎ	【上着】	上衣；外衣	アクセサリー	【accessory】	飾品
きもの	【着物】	和服	くつした	【靴下】	襪子
コート	【coat】	大衣	サングラス	【sunglasses】	墨鏡
したぎ	【下着】	內衣褲	サンダル	【sandal】	涼鞋
シャツ	【shirt】	襯衫	スニーカー	【sneaker】	運動鞋
スーツ	【suit】	套裝	てぶくろ	【手袋】	手套
セーター	【sweater】	毛衣	ネクタイ	【necktie】	領帶
ズボン	【(法)jupon】	褲子	ぼうし	【帽子】	帽子
スカート	【skirt】	裙子	めがね	【眼鏡】	眼鏡
ようふく	【洋服】	西服	ゆびわ	【指輪】	戒指

文具			科技		
えんぴつ	【鉛筆】	鉛筆	コンピューター	【computer】	電腦
けしゴム	【消しゴム】	橡皮擦	ホームページ	【home page】	官網
セロテープ		透明膠帶	フォルダ	【folder】	文件夾
てちょう	【手帳】	記事本	アプリ 【application software】		應用程式
ノート	【note】	筆記本	ソフトウェア	【software】	軟體
はさみ	【鋏】	剪刀	データ	【data】	資料
パンチ	【punch】	打洞機	インターネット	【internet】	網路
ファイル	【file】	資料夾	パスワード	【password】	密碼
ボールペン	【ball-point pen】	原子筆	ファイル	【file】	檔案
ホッチキス		釘書機	メール	【mail】	電子郵件

食材		
こめ	【米】	稻米
むぎ	【麦】	麥子
くだもの	【果物】	水果
やさい	【野菜】	蔬菜
たまご	【卵】	蛋
さかな	【魚】	魚
にく	【肉】	肉
ぎゅうにく	【牛肉】	牛肉
とりにく	【鶏肉】	雞肉
ぶたにく	【豚肉】	豬肉

食物		
ぎゅうどん	【牛丼】	牛肉蓋飯
さしみ	【刺身】	生魚片
サラダ	【salad】	沙拉
スープ	【soup】	湯
すきやき	【すき焼き】	壽喜燒
ステーキ	【steak】	牛排
てんぷら	【天ぷら】	天婦羅
なべ	【鍋】	火鍋
ようしょく	【洋食】	西餐
わしょく	【和食】	日式料理

飲料		
アルコール	【alcohol】	酒類
おちゃ	【お茶】	茶
ぎゅうにゅう	【牛乳】	牛奶
こうちゃ	【紅茶】	紅茶
コーヒー	【coffee】	咖啡
おさけ	【お酒】	酒
ジュース	【juice】	果汁
ビール	【beer】	啤酒
みず	【水】	水
ワイン	【wine】	葡萄酒

顔色		
あお	【青】	藍色
あか	【赤】	紅色
きいろ	【黄色】	黃色
きんいろ	【金色】	金色
くろ	【黒】	黑色
こん	【紺】	深藍色
しろ	【白】	白色
ちゃいろ	【茶色】	棕色
みどり	【緑】	綠色
むらさき	【紫】	紫色

活動			運動		
おしょうがつ	【お正月】	新年	ゴルフ	【golf】	高爾夫
おぼん	【お盆】	盂蘭盆	サッカー	【soccer】	足球
オリンピック	【Olympic】	奧運	ジョギング	【jogging】	慢跑
クリスマス	【Christmas】	聖誕節	すいえい	【水泳】	游泳
なつやすみ	【夏休み】	暑假	スキー	【ski】	滑雪
バーゲン	【bargain】	拍賣	スポーツ	【sport】	運動
ぼうねんかい	【忘年会】	尾牙	たっきゅう	【卓球】	桌球
まつり	【祭り】	祭典	ダンス	【dance】	舞蹈
マラソン	【marathon】	馬拉松	テニス	【tennis】	網球
ワールドカップ	【World Cup】	世界盃	やきゅう	【野球】	棒球

職業			動物		
アナウンサー	【announcer】	主播	いぬ	【犬】	狗
かんりにん	【管理人】	大樓管理員；舍監	うま	【馬】	馬
うんてんしゅ	【運転手】	司機	かめ	【亀】	烏龜
ガイド	【guide】	導遊	さかな	【魚】	魚
かんごし	【看護師】	護理師	さる	【猿】	猴子
けいかん	【警官】	警官	ぞう	【象】	大象
けいさつ	【警察】	警察	とり	【鳥】	鳥
しゅふ	【主婦】	家管	ねこ	【猫】	貓
きょうし	【教師】	老師	ねずみ	【鼠】	老鼠
べんごし	【弁護士】	律師	パンダ	【panda】	貓熊

日本地名

ほっかいどう	【北海道】	北海道	きんきちほう	【近畿地方】	近畿地方
とうほくちほう	【東北地方】	東北地方	かんさい	【関西】	關西
せんだい	【仙台】	仙台	きょうと	【京都】	京都
かんとうちほう	【関東地方】	關東地方	おおさか	【大阪】	大阪
とうきょう	【東京】	東京	こうべ	【神戸】	神戸
よこはま	【横浜】	横濱	ちゅうごくちほう	【中国地方】	中國地方
しこくちほう	【四国地方】	四國地方	ひろしま	【広島】	廣島
かがわ	【香川】	香川	きゅうしゅうちほう	【九州地方】	九州地方
とうかいちほう	【東海地方】	東海地方	ふくおか	【福岡】	福岡
なごや	【名古屋】	名古屋	おきなわ	【沖縄】	沖繩

方向、位置

ひがし	【東】	東	なか	【中】	中間
にし	【西】	西	おもて	【表】	前面；正面
みなみ	【南】	南	うら	【裏】	後面；背面
きた	【北】	北	そと	【外】	外面
うえ	【上】	上	うち	【内】	裡面
した	【下】	下	よこ	【横】	旁邊；横
ひだり	【左】	左	そば	【傍】	旁邊
みぎ	【右】	右	となり	【隣】	隔壁
まえ	【前】	前面	へん	【辺】	附近
うしろ	【後ろ】	後面	さき	【先】	前方

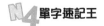

量詞

物品			小物品			薄的物品（紙、CD 等）		
ひとつ	【1つ】	1 個	いっこ	【1 個】	1 個	いちまい	【1 枚】	1 張
ふたつ	【2つ】	2 個	にこ	【2 個】	2 個	にまい	【2 枚】	2 張
みっつ	【3つ】	3 個	さんこ	【3 個】	3 個	さんまい	【3 枚】	3 張
よっつ	【4つ】	4 個	よんこ	【4 個】	4 個	よんまい	【4 枚】	4 張
いつつ	【5つ】	5 個	ごこ	【5 個】	5 個	ごまい	【5 枚】	5 張
むっつ	【6つ】	6 個	ろっこ	【6 個】	6 個	ろくまい	【6 枚】	6 張
ななつ	【7つ】	7 個	ななこ	【7 個】	7 個	ななまい	【7 枚】	7 張
やっつ	【8つ】	8 個	はっこ	【8 個】	8 個	はちまい	【8 枚】	8 張
ここのつ	【9つ】	9 個	きゅうこ	【9 個】	9 個	きゅうまい	【9 枚】	9 張
とお	【10】	10 個	じゅっこ	【10個】	10 個	じゅうまい	【10 枚】	10 張

人數			年齡			中小型動物		
ひとり	【1 人】	1 人	いっさい	【1 歳】	1 歲	いっぴき	【1 匹】	1 隻
ふたり	【2 人】	2 人	にさい	【2 歳】	2 歲	にひき	【2 匹】	2 隻
さんにん	【3 人】	3 人	さんさい	【3 歳】	3 歲	さんびき	【3 匹】	3 隻
よにん	【4 人】	4 人	よんさい	【4 歳】	4 歲	よんひき	【4 匹】	4 隻
ごにん	【5 人】	5 人	ごさい	【5 歳】	5 歲	ごひき	【5 匹】	5 隻
ろくにん	【6 人】	6 人	ろくさい	【6 歳】	6 歲	ろっぴき	【6 匹】	6 隻
ななにん	【7 人】	7 人	ななさい	【7 歳】	7 歲	ななひき	【7 匹】	7 隻
はちにん	【8 人】	8 人	はっさい	【8 歳】	8 歲	はっぴき	【8 匹】	8 隻
きゅうにん	【9 人】	9 人	きゅうさい	【9 歳】	9 歲	きゅうひき	【9 匹】	9 隻
じゅうにん	【10人】	10 人	じゅっさい	【10歳】	10 歲	じゅっぴき	【10 匹】	10 隻

書籍			細長物（筆、寶特瓶等）			杯裝物（飲料）		
いっさつ	【1 冊】	1 本	いっぽん	【1 本】	1 條	いっぱい	【1 杯】	1 杯
にさつ	【2 冊】	2 本	にほん	【2 本】	2 條	にはい	【2 杯】	2 杯
さんさつ	【3 冊】	3 本	さんぼん	【3 本】	3 條	さんばい	【3 杯】	3 杯
よんさつ	【4 冊】	4 本	よんほん	【4 本】	4 條	よんはい	【4 杯】	4 杯
ごさつ	【5 冊】	5 本	ごほん	【5 本】	5 條	ごはい	【5 杯】	5 杯
ろくさつ	【6 冊】	6 本	ろっぽん	【6 本】	6 條	ろっぱい	【6 杯】	6 杯
ななさつ	【7 冊】	7 本	ななほん	【7 本】	7 條	ななはい	【7 杯】	7 杯
はっさつ	【8 冊】	8 本	はっぽん はちほん	【8 本】	8 條	はっぱい	【8 杯】	8 杯
きゅうさつ	【9 冊】	9 本	きゅうほん	【9 本】	9 條	きゅうはい	【9 杯】	9 杯
じゅっさつ	【10 冊】	10 本	じゅっぽん	【10 本】	10 條	じゅっぱい	【10 杯】	10 杯

機器、車輛			次數、頻率			號碼、順序		
いちだい	【1 台】	1 臺	いっかい	【1 回】	1 次	いちばん	【1 番】	1 號
にだい	【2 台】	2 臺	にかい	【2 回】	2 次	にばん	【2 番】	2 號
さんだい	【3 台】	3 臺	さんかい	【3 回】	3 次	さんばん	【3 番】	3 號
よんだい	【4 台】	4 臺	よんかい	【4 回】	4 次	よんばん	【4 番】	4 號
ごだい	【5 台】	5 臺	ごかい	【5 回】	5 次	ごばん	【5 番】	5 號
ろくだい	【6 台】	6 臺	ろっかい	【6 回】	6 次	ろくばん	【6 番】	6 號
ななだい	【7 台】	7 臺	ななかい	【7 回】	7 次	ななばん	【7 番】	7 號
はちだい	【8 台】	8 臺	はっかい	【8 回】	8 次	はちばん	【8 番】	8 號
きゅうだい	【9 台】	9 臺	きゅうかい	【9 回】	9 次	きゅうばん	【9 番】	9 號
じゅうだい	【10 台】	10 臺	じゅっかい	【10 回】	10 次	じゅうばん	【10 番】	10 號

數字

個位		十位		十進位	
ゼロ・れい	0	じゅう	10	ゼロ・れい	0
いち	1	じゅういち	11	じゅう	10
に	2	じゅうに	12	にじゅう	20
さん	3	じゅうさん	13	さんじゅう	30
よん・し	4	じゅうよん・じゅうし	14	よんじゅう	40
ご	5	じゅうご	15	ごじゅう	50
ろく	6	じゅうろく	16	ろくじゅう	60
なな・しち	7	じゅうなな・じゅうしち	17	ななじゅう	70
はち	8	じゅうはち	18	はちじゅう	80
きゅう・く	9	じゅうきゅう・じゅうく	19	きゅうじゅう	90

百位			千位			億萬位		
ひゃく	【百】	100	せん	【千】	1,000	いちまん	【1万】	10,000
にひゃく	【2百】	200	にせん	【2千】	2,000			
さんびゃく	【3百】	300	さんぜん	【3千】	3,000	じゅうまん	【十万】	100,000
よんひゃく	【4百】	400	よんせん	【4千】	4,000			
ごひゃく	【5百】	500	ごせん	【5千】	5,000	ひゃくまん	【百万】	1,000,000
ろっぴゃく	【6百】	600	ろくせん	【6千】	6,000			
ななひゃく	【7百】	700	ななせん	【7千】	7,000	いっせんまん	【1千万】	10,000,000
はっぴゃく	【8百】	800	はっせん	【8千】	8,000			
きゅうひゃく	【9百】	900	きゅうせん	【9千】	9,000	いちおく	【1億】	100,000,000

時間副詞

過去			未來		
おととし	【一昨年】	前年	らいねん	【来年】	明年
きょねん	【去年】	去年	さらいねん	【再来年】	後年
せんせんげつ	【先々月】	上上個月	らいげつ	【来月】	下個月
せんげつ	【先月】	上個月	さらいげつ	【再来月】	下下個月
せんせんしゅう	【先々週】	上上星期	らいしゅう	【来週】	下星期
せんしゅう	【先週】	上星期	さらいしゅう	【再来週】	下下星期
おととい	【一昨日】	前天	あした	【明日】	明天
きのう	【昨日】	昨天	あさって	【明後日】	後天

現在			慣例		
ことし	【今年】	今年	まいとし	【毎年】	每年
こんげつ	【今月】	這個月	まいつき	【毎月】	每個月
こんしゅう	【今週】	這星期	まいしゅう	【毎週】	每星期
きょう	【今日】	今天	まいにち	【毎日】	每天
けさ	【今朝】	今早	まいあさ	【毎朝】	每天早上
こんや	【今夜】	今晚	まいばん	【毎晩】	每天晚上

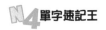

時間

點			分		
いちじ	【1時】	1點	いっぷん	【1分】	1分
にじ	【2時】	2點	にふん	【2分】	2分
さんじ	【3時】	3點	さんぷん	【3分】	3分
よじ	【4時】	4點	よんぷん	【4分】	4分
ごじ	【5時】	5點	ごふん	【5分】	5分
ろくじ	【6時】	6點	ろっぷん	【6分】	6分
しちじ	【7時】	7點	ななふん	【7分】	7分
はちじ	【8時】	8點	はっぷん	【8分】	8分
くじ	【9時】	9點	きゅうふん	【9分】	9分
じゅうじ	【10時】	10點	じゅっぷん	【10分】	10分
じゅういちじ	【11時】	11點	じゅうごふん	【15分】	15分
じゅうにじ	【12時】	12點	さんじゅっぷん	【30分】	30分
なんじ	【何時】	幾點	なんぷん	【何分】	幾分

星期			月份		
げつようび	【月曜日】	星期一	いちがつ	【1月】	1月
			にがつ	【2月】	2月
かようび	【火曜日】	星期二	さんがつ	【3月】	3月
			しがつ	【4月】	4月
すいようび	【水曜日】	星期三	ごがつ	【5月】	5月
			ろくがつ	【6月】	6月
もくようび	【木曜日】	星期四	しちがつ	【7月】	7月
			はちがつ	【8月】	8月
きんようび	【金曜日】	星期五	くがつ	【9月】	9月
			じゅうがつ	【10月】	10月
どようび	【土曜日】	星期六	じゅういちがつ	【11月】	11月
			じゅうにがつ	【12月】	12月
にちようび	【日曜日】	星期日	なんがつ	【何月】	幾月
			なんかげつ	【何ヶ月】	幾個月

日期					
ついたち	【1日】	1號	じゅうしちにち	【17日】	17號
ふつか	【2日】	2號	じゅうはちにち	【18日】	18號
みっか	【3日】	3號	じゅうくにち	【19日】	19號
よっか	【4日】	4號	はつか	【20日】	20號
いつか	【5日】	5號	にじゅういちにち	【21日】	21號
むいか	【6日】	6號	にじゅうににち	【22日】	22號
なのか	【7日】	7號	にじゅうさんにち	【23日】	23號
ようか	【8日】	8號	にじゅうよっか	【24日】	24號
ここのか	【9日】	9號	にじゅうごにち	【25日】	25號
とおか	【10日】	10號	にじゅうろくにち	【26日】	26號
じゅういちにち	【11日】	11號	にじゅうしちにち	【27日】	27號
じゅうににち	【12日】	12號	にじゅうはちにち	【28日】	28號
じゅうさんにち	【13日】	13號	にじゅうくにち	【29日】	29號
じゅうよっか	【14日】	14號	さんじゅうにち	【30日】	30號
じゅうごにち	【15日】	15號	さんじゅういちにち	【31日】	31號
じゅうろくにち	【16日】	16號	なんにち	【何日】	幾號

半個月、半年					
はんとし	【半年】	半年	はんつき	【半月】	【半月】

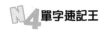
常見副詞

狀態副詞：人事物的狀態，多用於修飾動詞。		
いつも	總是	表示頻率極高或是無論何時。
よく	經常；好好地；很	表示頻率高或是充分地，也可用於強調程度。
ときどき	有時	表示頻率略高。
まだ	還；還沒，尚未	表示還沒到達的狀態，或是指動作、狀態依然持續中。
また	再；還有，且	表示再次發生。
すぐ	馬上，立即	表示時間間隔非常短暫。
やっと	終於，總算	表示經過一段時間，說話者期待的事情實現了。
やはり	還是；果然	表示最後仍舊，也可表示與預期相同的結果，口語用法為「やっぱり」。

程度副詞：表示狀態的程度，多修飾形容詞、形容動詞。		
とても	非常	用於強調程度。
よく	很；經常；好好地	用於強調程度，也可表示頻率高或是充分地。
ずいぶん	相當，很	表示強調程度，多用於與親近的人對話時。
すこし	一點，一些	表示程度不多。
もっと	更加	表示加強程度或狀態。
あまり	不太～	用於否定句，表示程度不高，或是數量不多、頻率不高。

敘述副詞：用於加強敘述的語氣，多與句尾相互呼應。		
きっと	一定；想必	表示推測，句尾常搭配「～でしょう」一起使用。
けっして	絕（不）	用於否定句加強否定的語氣，表示強烈的決心。
ぜんぜん	完全	用於否定句加強否定的語氣。
たいてい	通常；大部分	表示事情發生的頻率很高。
ぜひ	務必	用來表示希望能實現的強烈心情。
たぶん	大概，也許	表示推測，句尾搭配「～だろう」一起使用。
もしかして	或許，說不定	表示推測，句尾搭配「～かもしれない」一起使用。

順接

だから	所以，因此	表示因果關係。
それで	所以，因此	表示因果關係。
すると	於是	表示接著發生，也含有因果關係的意思。

逆接

しかし	但是，可是	表示後方敘述與前方相反。
でも	但是，可是	表示後方敘述與前方相反，「しかし」的口語用法。
けれども	但是，可是	用於轉折語氣。

添加、並列

そして	還有，而且；然後	用於列舉事物，或表示動作的順序。
それから	還有；然後；從那之後	用於列舉事物，或表示動作的順序。
それに	還有，而且	用於列舉相同類型的事物。

選擇

または	或是	表示可在兩種事物之間做選擇，用於給對方指示。
それとも	或是	表示可在兩種事物之間做選擇，用於疑問句中。

轉換

では	那麼	置於句首，用來轉換話題。

動詞變化表
第 1 類動詞

辭書形		ます形	て形	た形	ない形
言う	說・講	言います	言って	言った	言わない
書く	書寫	書きます	書いて	書いた	書かない
急ぐ	趕快・趕緊	急ぎます	急いで	急いだ	急がない
行く	去	行きます	行って	行った	行かない
話す	說	話します	話して	話した	話さない
待つ	等	待ちます	待って	待った	待たない
呼ぶ	叫	呼びます	呼んで	呼んだ	呼ばない
読む	閲讀	読みます	読んで	読んだ	読まない
死ぬ	死	死にます	死んで	死んだ	死なない
帰る	回	帰ります	帰って	帰った	帰らない

第 2 類動詞

辭書形		ます形	て形	た形	ない形
食べる	吃	食べます	食べて	食べた	食べない
降りる	下（交通工具）	降ります	降りて	降りた	降りない

第 3 類動詞

辭書形		ます形	て形	た形	ない形
来る	來	来ます	来て	来た	来ない
持ってくる	帶（物品）來	持ってきます	持ってきて	持ってきた	持ってこない
連れてくる	帶（人）來	連れてきます	連れてきて	連れてきた	連れてこない
する	做	します	して	した	しない
勉強する	念書	勉強します	勉強して	勉強した	勉強しない

意向形	命令形	條件形	可能形	被動形	使役形
言おう	言え	言えば	言える	言われる	言わせる
書こう	書け	書けば	書ける	書かれる	書かせる
急ごう	急げ	急げば	急げる	急がれる	急がせる
行こう	行け	行けば	行ける	行かれる	行かせる
話そう	話せ	話せば	話せる	話される	話させる
待とう	待て	待てば	待てる	待たれる	待たせる
呼ぼう	呼べ	呼べば	呼べる	呼ばれる	呼ばせる
読もう	読め	読めば	読める	読まれる	読ませる
死のう	死ね	死ねば	死ねる	死なれる	死なせる
帰ろう	帰れ	帰れば	帰れる	帰られる	帰らせる

意向形	命令形	條件形	可能形	被動形	使役形
食べよう	食べろ	食べれば	食べられる	食べられる	食べさせる
降りよう	降りろ	降りれば	降りられる	降りられる	降りさせる

意向形	命令形	條件形	可能形	被動形	使役形
来よう	来い	来れば	来られる	来られる	来させる
持ってこよう	持ってこい	持ってくれば	持ってこられる	持ってこられる	持ってこさせる
連れてこよう	連れてこい	連れてくれば	連れてこられる	連れてこられる	連れてこさせる
しよう	しろ	すれば	できる	される	させる
勉強しよう	勉強しろ	勉強すれば	勉強できる	勉強される	勉強させる

第 2 類動詞

あきらめる	【諦める】	放棄	かんがえる	【考える】	思考，想
あげる	【上げる】	抬高；提高	きかえる	【着替える】	換（衣服）
あつめる	【集める】	集中；收藏	きこえる	【聞こえる】	聽得見
いきる	【生きる】	活著；過活	きれる	【切れる】	斷了；停電；用完
いじめる	【苛める】	欺負	くらべる	【比べる】	比，比較
いれかえる	【入れ替える】	更換	くれる		給（我、我方）
いれる	【入れる】	放入；打開；沖泡	くれる	【暮れる】	天黑
うえる	【植える】	種植	こわれる	【壊れる】	毀損；壞了
うける	【受ける】	參加	さげる	【下げる】	降低
うれる	【売れる】	暢銷	さしあげる	【差し上げる】	給
おえる	【終える】	結束，做完	さめる	【冷める】	變涼，涼掉
おきる	【起きる】	起床；發生	さめる	【覚める】	清醒，醒
おくれる	【遅れる】	晚・沒趕上；落後	しらせる	【知らせる】	通知
おちる	【落ちる】	掉落；落榜	しらべる	【調べる】	調查；查詢
おりる	【降りる】	下（交通工具）	しんじる	【信じる】	相信
おれる	【折れる】	折斷了；折到	すぎる	【過ぎる】	移動通過；過去
かえる	【変える】	改變	そだてる	【育てる】	培育；撫養
かける		懸掛；淋；蓋	ぞんじます	【存じます】	知道
かぞえる	【数える】	數	たおれる	【倒れる】	倒下；倒塌
かたづける	【片付ける】	整理・收拾	たすける	【助ける】	救助；幫助
かりる	【借りる】	借入；租借	たずねる	【訪ねる】	造訪，探訪

たずねる	【尋ねる】	詢問	はじめる	【始める】	開始
たてる	【建てる】	建・蓋	ひえる	【冷える】	變冷・冷卻
たてる	【立てる】	立起	ふえる	【増える】	增加
たりる	【足りる】	足夠	ほめる	【褒める】	讚美
つかまえる	【捕まえる】	抓	まける	【負ける】	輸
つける	【点ける】	點（火）；開	まちがえる	【間違える】	弄錯
つける	【付ける】	沾；戴；加上	みえる	【見える】	看得見
つたえる	【伝える】	傳達；轉告	みつける	【見つける】	找・尋找
つづける	【続ける】	繼續	むかえる	【迎える】	迎接
できる	【出来る】	製成；能夠；建好	もうしあげる	【申し上げる】	說
でる	【出る】	離開；參加；出發	もえる	【燃える】	燃燒
とどける	【届ける】	遞送・送	やける	【焼ける】	烤；起火
とめる	【止める】	停	やせる	【痩せる】	瘦
とりかえる	【取り替える】	交換；更換	やぶれる	【破れる】	破了
なげる	【投げる】	扔・投	やめる	【辞める】	離職；退休
なれる	【慣れる】	習慣	やめる	【止める】	停止；取消
にげる	【逃げる】	逃・逃走	よごれる	【汚れる】	髒了
にる	【似る】	像・類似	わかれる	【別れる】	分手；分開・分離
ぬれる	【濡れる】	濕	わかれる	【分かれる】	分開
ねる	【寝る】	睡覺	わける	【分ける】	分・分割
のりかえる	【乗り換える】	轉乘	われる	【割れる】	碎了

自他動詞

自動詞			他動詞		
あがる	【上がる】	上升；上漲；進入	あげる	【上げる】	抬高；提高
あつまる	【集まる】	聚集	あつめる	【集める】	集中；收藏
うごく	【動く】	轉動，動	うごかす	【動かす】	開動，發動
うつる	【写る】	拍照	うつす	【写す】	拍照；抄寫
うつる	【移る】	移動	うつす	【移す】	轉移
おきる	【起きる】	起床；發生	おこす	【起こす】	叫醒；引起
おちる	【落ちる】	掉落；落榜	おとす	【落とす】	弄掉；弄丟
おれる	【折れる】	折斷了；折到	おる	【折る】	折；折彎
おわる	【終わる】	結束	おえる	【終える】	結束，做完
かわる	【変わる】	變，改變	かえる	【変える】	改變
かかる	【掛かる】	掛著；濺到；花費	かける	【掛ける】	懸掛；淋；蓋
きれる	【切れる】	停電；用完；斷了	きる	【切る】	關；切；剪
きまる	【決まる】	決定	きめる	【決める】	決定
こわれる	【壊れる】	毀損，壞了	こわす	【壊す】	弄壞
さがる	【下がる】	下降	さげる	【下げる】	降低
すぎる	【過ぎる】	移動通過；過去	すごす	【過ごす】	度過（時光）
そだつ	【育つ】	長大，成長	そだてる	【育てる】	撫養；培育
たおれる	【倒れる】	倒下；倒塌	たおす	【倒す】	放倒，推倒
たつ	【建つ】	建，蓋	たてる	【建てる】	蓋，建
たつ	【立つ】	站立	たてる	【立てる】	立起
でる	【出る】	離開；參加；出發	だす	【出す】	拿出；讓～出去；扔
つかまる	【捕まる】	被抓	つかまえる	【捕まえる】	抓
つく	【点く】	點燃；開著	つける		點（火）；開（電器）
つく	【付く】	附有	つける	【付ける】	沾；戴；加上
つづく	【続く】	持續	つづける	【続ける】	繼續，持續

自動詞			他動詞		
とどく	【届く】	送達	とどける	【届ける】	遞送，送
とまる	【止まる】	停止	とめる	【止める】	停
なおる	【直る】	修理好	なおす	【直す】	修理；修改
なおる	【治る】	痊癒	なおす	【治す】	治療
なくなる		用完；不見	なくす		遺失
なる	【鳴る】	響，鳴	ならす	【鳴らす】	使〜發出聲響
のこる	【残る】	殘留；剩下	のこす	【残す】	剩；留
はいる	【入る】	進入；裝	いれる	【入れる】	放入；打開；泡
はじまる	【始まる】	開始	はじめる	【始める】	開始
ひえる	【冷える】	變冷，冷卻	ひやす	【冷やす】	冰鎮；使〜涼下來
まがる	【曲る】	轉彎；歪	まげる	【曲げる】	弄彎，使彎曲
みつかる	【見つかる】	找到	みつける	【見つける】	找，尋找
もえる	【燃える】	燃燒	もやす	【燃やす】	燒，焚燒
もどる	【戻る】	返回，回來	もどす	【戻す】	歸還；還原
やける	【焼ける】	烤；起火	やく	【焼く】	烤，燒
やぶれる	【破れる】	破了	やぶる	【破る】	弄破
よごれる	【汚れる】	髒了	よごす	【汚す】	弄髒
わく	【沸く】	沸騰；燒開了	わかす	【沸かす】	燒開
わかれる	【分かれる】	分開	わける	【分ける】	分，分割
わたる	【渡る】	過(橋等)；轉手	わたす	【渡す】	交給，遞交
われる	【割れる】	碎了	わる	【割る】	弄碎；分，切

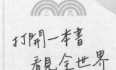